U0052523

Seba · 蝴蝶

Seba・蝴蝶

蝴蝶館 02

禁咒師

卷貳

Seba 蝴蝶 ◎著

elegantbooks

目次

人物介紹

甄麒麟

當世唯一被賦予「禁咒師」稱號之人，年齡成謎的超資深美少女，食量與酒量都超級大的美食主義者，同時也是動漫迷與網路遊戲粉絲。目前受雇於紅十字會，專責處理精神異常的魔、墮落的神仙、膽大妄為的妖靈，與其所製造的各項恐怖活動。

宋明峰

茅山派宋家最後擁有天賦的傳人，立志發揚家傳絕學，而遠赴紅十字會深造。在妖魔的眼中，是一塊上好的美味佳餚，所到之處經常會引起各種靈騷。但在這奇異的血緣天賦之後，隱藏著強大的能力與更大的謎團，正等待發掘。

蕙娘

麒麟早年所收服的式神，雖然常以宋代仕女的嫻雅形貌現身，本相卻是已修行八百年的大殭屍。生前曾是名動京城的廚娘，如今則以其絕代廚藝餵養麒麟永不饜足的胃口，是麒麟最貼身的助手、管家，也是最得力的戰友與知交。

英俊

姑獲鳥的族民，飛機的守護「妖」，形貌為具有九頭蛇頸的鳥身妖禽。一次機緣巧合成為明峰的式神，此後終其一生追隨明峰。一般型態下為九頭鳥身，變身為戰鬥型態時，會化身為睜著無辜大眼的蛇髮少女。

史密斯

紅十字會的一名教員，負責管理大圖書館，明峰在求學時期曾擔任他手底下的圖書管理員，同時也是將明峰推薦給禁咒師甄麒麟當學徒的介紹人。據說他是個十八世紀的鍊金術士，因為實驗意外而獲得長壽，但真相如何只有他自己知道。

胡伯伯

冥界的計程車司機，常被麒麟召來代步，因為穿越冥道似乎比陽間的交通更快速，也可以不理會陽間的許多限制。不過冥道也有必須遵守的法則，比如速限，冥道也是有測速照相的，另外，入出國境的規則也更繁複。

大聖爺

《西遊記》最膾炙人口的主要角色，花菓山水濂洞之主，天庭受封弼馬溫，自號齊天大聖，西天取經後被佛祖名為鬥戰勝佛，是大鬧天庭的代表性人物。據說早年曾變化人形，與甄家祖先結親，傳下香火，是麒麟道術的其中一脈傳承。

宋明琦

宋明峰的堂妹，能力不如明峰，但依然擁有強悍的天賦，與眾生間的因緣也頗為深厚。雖然沒有經過任何修練，自己本身對修道也無興趣，但還是經常捲入各種靈異事件，讓被強迫成為她命中貴人的明峰暴跳不已。

倉橋音無

當代日本陰陽道神主，精於祓禊，與明峰曾一同於紅十字會修業，是十分要好的同學。音無雖是男性，但外貌纖細美麗如女子，經常被人誤認。音無心中似乎隱然傾慕著明峰，但因繼承家業，無暇聯絡，直到近日才特地到訪。

宋明熠

明峰的表弟，只擁有一點點淡薄天賦，因此看得不夠清楚，惹麻煩的等級也稍遜於明琦。目前就讀於中都某大學，同時也是「靈異現象研究社」的成員。明峰前往旁聽時，正巧與明熠同班，另外同在一班的還有林雅棠。

黃俊英

麒麟的第一個徒弟，本身便是很有實力的天師道道士，在麒麟的九個弟子中也是年紀最大的。目前居住在南部某山村裡，家裡已經有了曾孫，平時除了務農與兼任道士外，興趣是開輕航機。俊英從師時，與蕙娘曾有一段情，至今依然不變。

莉莉絲

喜好作羽扇綸巾打扮的金髮女子，取了中文名字叫鳳凰，是麒麟九個徒弟之一。目前任職於紅十字會，接受各種有關裡世界的委託，包括安撫說服動亂的自然精靈等。某次任務中，在秦皇陵身陷絕境，令麒麟對紅十字會大動肝火。

阿旭

麒麟九弟子之一，一名風流瀟灑的青年男子，經常有豔遇，不過對象多半是眾生，像是加爾各達的豹女、蛇髮女妖梅杜莎、山鬼之類。他似乎也一直很想追求麒麟，不過迄今為止還沒有成功。

葉舒祈（魔性天女）

列姑射島北都城的管理者，擅長運用電腦，能用資料夾容納眾生，也能循網路入侵他界。其能力為都城精魂魔性天女所賦予，因此有其界限，但仍讓三界眾生忌憚不已，不敢在

她眼皮下犯事。雖然地位崇高，舒祈卻不依恃，只以排版打字維生。（詳見《舒祈的靈異檔案夾》）

得慕

舒祈的管家。她本是一條人魂，循著網路線遇見舒祈後，開始協助舒祈安頓來來往往的各路生魂死靈。由於手腕高超，一直是神、魔兩界爭相邀僱的對象，但她僅忠於舒祈一人。得慕是舒祈的代表，在某方面來說，也是管理者權能的延伸。（詳見《舒祈的靈異檔案夾》）

子麟

聖獸麒麟一族的現任族長，在東方天界地位十分崇高。麒麟又稱慈獸，因不欲殺生，唯恐踩到小蟲子，故常足不點地，漂浮於空。聽聞大聖爺與人類結親，子麟私自下凡嫁予其子嗣，因此甄家血脈亦可溯自麒麟一族。

伏羲龍女

香港主神，尚未孵化的伏羲氏後裔，香港即是其蛋殼，生機命脈與龍女息息相關。龍女因尚未孵化，現身時是以元神化出形體，呈現額生龍角、人身蛇尾之狀。龍女曾數度咒殺香港都城所選之管理者，因而成為禁咒師的固定處理業務。

夢魔

寄生在鄭復先體內，呈現妖異型態的夢魔，是另一種形式的管理者，守護著大陸北方的古都。在無邊夢境之中，夢魔得知麒麟的存在，深刻的愛慕，使他渴望能將麒麟拉入夢海……

秦皇

史上首位一統中國的君主，為其功超三皇五帝之偉業，而自命為始皇帝。為求長生，成為李斯的實驗品，死在秦皇陵後又再復甦成妖，因其執妄，誤以為自己依然在世，統御全國，殊不知統治的只是三百里陵寢內的妖氛，而自己已是數千年不滅的大妖。

李斯

秦朝宰相，法家代表人物之一。李斯欲煉丹藥，登捷徑成仙，於是慫恿秦皇盡力相助，但所煉丹藥差池，反令秦皇暴斃。秦皇成妖後，以為自己仍然掌權，李斯也依然為相，於是一紙詔書頒下，李斯魂魄便一同被拘於秦皇陵，為虎作倀。

Seba · 蝴蝶

楔子　飛舞於空的麒麟

其實，在這屋子裡看到什麼他都不太會奇怪了，哪怕是像這個樣子，張開滿口劍山似的牙齒，大白天就衝到面前來覓食的魑魅……

他連火符都懶得拿，抓起竹掃帚就是一記全壘打。

「滾～～～」

打飛的魑魅撞在結界上被電個半死，然後輕飄飄的滑下來。望著翻白眼的魑魅，明峰巡查著結界，發現一個該死的酒瓶撐住了結界的一角，形成一個狗洞。

「麒麟！」他怒吼了，「妳到底想對我的結界怎麼樣?!妳故意破壞我的結界！」

她懶懶得推開窗戶，睡眼惺忪的，「啊……你怎麼搶了我的沙包？那隻魑魅是我要打的欸……」一大清早，她已經薄醺，正在喝上好的白蘭地，「我還在培養情緒，你就把我的沙包給打發了……」

他再也忍不住了……這種亂七八糟的師父……

「妳到底有沒有自覺啊?!」明峰揮著竹掃把罵，「妳要不要看看醫院寄來的報告啊？妳的肝指數已經飆到正常人的四倍，四倍欸！醫生說妳全身破破爛爛的，還有痊癒得很差的傷口啊！妳喝？妳還喝?!妳能不能有點人類的自覺啊？妳就不怕酒從舊傷噴出來……」

麒麟乾脆用手指堵住耳朵。

他他他……他真的要氣死了！「甄麒麟！妳不要以為堵住耳朵就會沒事！」

「對喔。」麒麟恍然大悟的擊掌，「我該把窗戶關起來的。」

轟的一聲，明峰爆炸了，他一躍跳上二樓的陽台，將竹掃帚的柄塞進窗縫，「妳敢關?!我話還沒有說完啊！」

「你是跟誰學的？這麼囉唆？」麒麟努力想把窗戶關起來，「我和蕙娘都沉默寡言，溫柔善良呢……」

「妳都不怕鼻子變長的啊?!妳不要跟蕙娘比，妳是哪裡比得上人家啊～」一師一徒拿著竹掃帚和酒瓶打得乒乒乓乓，在樓下的蕙娘默默的將食物收到桌罩下，省得簌簌而落的灰塵沾上了。

快住手吧，屋子快被你們兩個拆了……

正打得不可開交，那隻昏迷的魑魅醒了過來，看到兩個絕佳的食物正在拚個你死我活，真是大好機會……他咆哮著衝上去，準備一口咬下明峰的頭。

「做什麼?!」這兩個人一起轉頭瞪他，目光說有多猙獰就有多猙獰，魑魅渾身冒出冷汗，像是被蛇瞪住的青蛙。

不、不對！他可是沉眠多年，山林裡頭最凶惡的大妖怪！怎麼可以被這兩個人類嚇住？他暴吼一聲，正要揮出爪子……卻被一記竹掃帚和酒瓶打中門面，頭昏眼花的栽到樓下。

「敢打擾我們，找死嗎?!」這對無處洩恨的師徒，非常生氣的衝下去，正準備好好教訓這隻不會選時間的笨蛋魑魅……

「哎哎，別這樣。」輕飄飄的離地兩寸，容顏溫潤如佳玉，美貌的天女飄然而至，頭上滿綴著琳琅作響的金步搖，身穿飄逸的薄紗，完美的身材忽隱忽現。「別欺負可憐的小動物。」

「玄玄玄……玄祖母？」麒麟的眼睛直了，「妳來作什麼？」

「來看我可愛的玄孫女呀。」美貌天女閉上一隻眼睛，無限嬌俏。

暈頭脹腦的魑魅聞到一股極香。漂浮於地的纖足，散發出一股神聖的氣息，那樣誘人而美味。

太美味了……美味到根本無法抗拒。他衝了上去，張口就想要咬下……

轟然一聲巨響，還沒搞清楚發生什麼事情，麒麟家門口的草地往下陷了三尺深的大坑，嘴巴冒煙的魑魅渾身燒焦的倒在坑底。

美貌天女衣袂飄舉，滿臉無辜的飄在大坑之上。

明峰眼睛都直了，他背後的麒麟一手掩住眼，萬分無力的。

「……玄祖母，麒麟不是慈獸嗎？」麒麟吼了出來，「唯恐踏死小生物所以足不點地……妳看妳幹了啥好事?!我的草地啊～」

「抱歉抱歉，」美貌天女雙手合十，閉了一隻眼睛，伸伸可愛的舌頭，「但我可以保證沒死到半個生物喔。包括那隻小魑魅也……」

「慈獸？」明峰揮著手，比著自己也看不懂的手勢，「妳妳妳，妳是說……她她她……」

「……她是我玄祖母。」麒麟無力的垂下雙肩，「是的，她是隻貨真價實的聖獸麒麟。」

明峰覺得有點發暈……麒麟欸！傳說中的聖獸欸！為什麼這位傳說中尊貴的聖獸會和甄麒麟扯上什麼關係？

「如、如果她是妳的玄祖母，那那那……那大聖爺……」明峰越來越結巴。

「呃，」麒麟的臉孔有些紅，「我只能說，甄家很受奇怪種族的喜愛。」

「什麼奇怪種族？」美貌天女啐了一口，「我跟大聖爺可是姻親呢。小孩兒，妳是我家麒麟的男朋友？」

「妳看我像是瞎了眼嗎?!」麒麟和明峰一起怒吼起來，同樣顫抖的指著眼睛。

天女看了看麒麟，又看了看明峰，噗嗤一聲嬌笑。她沒再答理麒麟，規規矩矩的福了福，「妾身名為子麟，乃是麒麟一族的族長。承蒙您照顧我家不肖的麒麟種。」

「哪裡哪裡，身為弟子是應該的……」明峰慌張的回禮，「只是照顧她真的很辛苦……」

「是呀，這孩子不知道像到誰，這麼令人擔心……」

「喂！你們不要這麼大方的應答起來！」麒麟火了，「玄祖母，妳無故下凡做啥？妳要知道現在是什麼時候？沒有詔令就下凡來可是……」

「我當然是有詔令才下凡的呀。」子麟水汪汪的眼睛眨呀眨的。妳說，妳有詔令，大大方方的下凡？

麒麟臉孔一白，反身衝進屋子裡大嚷，「不好了不好了！一級警報一級警報！蕙娘快把所有的酒都藏起來……啊啊啊啊，玄祖母，那個不能開！那甕是蕙娘才弄好酒母的鬼釀……不行不行，那個妳不能喝，那是我好不容易弄到的香檳啊～喂喂，妳不要喝我的白蘭地……等等，等等！妳別連米酒都拿走啊～」

麒麟漲紅著臉搶酒，為了不讓子麟喝光，她乾脆一面把搶到的酒就著瓶口喝了起來。

看著一片雞飛狗跳，不知道為什麼，明峰有種極度不祥的感覺……

他好像看到兩個麒麟在互相搶酒喝……這勾起他往日傷痛的回憶。小心翼翼的悄悄挪到門邊，就快奪門而出的時候——

「明峰來！」喝得半醉的麒麟凶惡的將他抓住。

「我我我，我去買菜！」明峰只想趕緊逃生。

「與其讓那隻母蝗蟲喝光我的酒……你也來幫我喝！」不由分說的，麒麟開始朝他嘴裡灌酒。

「咕嚕嚕……」明峰掙扎半天，好不容易緩口氣，「妳以為妳在灌蟋蟀？夠了沒啊～」

「明峰弟弟很會喝喔。」微醺的子麟將明峰的頭按在自己柔軟的胸脯上，「來，姊姊餵你喔……」又是一瓶酒栽過來。

天啊！這位美貌天女，尊貴的聖獸……怎麼跟大聖爺沒兩樣？

「……讓我回去當圖書館員吧～」明峰發出淒慘的哀號。

*　　　*　　　*

把所有的酒都喝光，明峰已經快醉死了，倒在沙發上打鼾。麒麟打了個酒嗝，不得不承認自己喝了太多。

「果然人間的酒比較好喝。」子麟滿意的晃了晃剩下的半杯葡萄酒。

「天帝下詔讓妳來凡間跟我搶酒喝？」麒麟沒好氣。

「這是我小小的福利。」子麟閉了隻眼睛，「妳知道，身為大聖爺的姻親，其實是有滿多特權的。」

「太祖爺爺從來不承認妳這個兒媳婦。」

「但我的確是嫁給他兒子呀。」漂浮於空的子麟盤腿而坐，滿臉笑咪咪的。

麒麟望了她很久，突然有幾分頭痛。她從來不知道遺傳是這麼令人討厭的東西，她實在不懂，都傳了近百代了……她和這個玄祖母居然意外的相似。

「我從來不知道自己這麼令人討厭。」麒麟咕噥著。

「人貴自知。」子麟豎起食指，「能夠有這種自覺是很珍貴的喔。」

……妳到底是來幹嘛的？

「我會這麼討人厭也是因為妳高貴的遺傳！」麒麟沉痛的指過來。

「才不是！」子麟很快的否認，「那一定是大聖爺的不良基因。」

（遠在天界的大聖爺打了好幾個噴嚏，感到一陣陣的惡寒。）

「妳到底是來幹嘛的?!」麒麟憤怒的握拳了。

「說服妳回天呀。」子麟溫柔的看著和她非常相似的玄孫女，「孩子，妳這樣的身體維持不了太久了……天帝答應我，只要妳回天，就讓妳轉生成麒麟。妳原有我族血脈，要轉生也不是什麼困難的事情……」

「條件呢？」麒麟皺起眉。這又不是吃魯肉飯，有這麼簡單？別唬她了，這種轉生不但要使用珍貴的育聖池，還必須耗費許多麒麟珍貴的道行。

麒麟知道玄祖母向來寶愛她，法術根基有一半多是子麟偷偷教她的。但是要耗費到珍貴的同族道行，子麟不可能會願意的。

雖然嘻皮笑臉，但麒麟聖獸可以在天界繁衍生息，不受別有居心的仙神奴役驅使，這位麒麟族的強悍女族長功不可沒。

她漫長的一生只嫁過一次，嫁的是大聖爺人間的孩子。為了族民，她是什麼都可以捨的。

「把那個孩子給我。」子麟輕笑，「或者說，把那個孩子給天帝。」

她們都知道，那個孩子是誰。

「免談。」麒麟回答的很乾脆。

「我想也是。」子麟輕嘆一口氣，「好啦，我的任務達成了。上次我要妳買的香奈兒套裝妳是買了沒有？我等著穿很久了呢……」

「喂！妳不要那麼大方！隨隨便便就翻我的衣櫃！喂！」麒麟氣急敗壞的衝進房間，子麟已經興味盎然的開始試穿她所有的衣服——而且很不客氣的把喜歡的都打包帶走。

「……妳在天界穿什麼香奈兒啊?!把我的LV包包還來！」麒麟真的要氣炸了。

「這是天界最新的流行欸。」子麟滿臉無辜，「剛好我們的身材很接近啊。」

「我比妳高兩公分好不好？等等！妳連我的皮大衣也要搶？妳夠了喔！那是鹿皮……妳不是慈悲的聖獸嗎？穿什麼鹿皮啊！」

「皮又不是我剝的，也不是我買的！」子麟很努力的跟她搶。

搶輸的麒麟很疲倦，覺得她被搶劫了。「妳啊……快回天界去吧！」

披著柔軟的皮大衣，子麟望著她，突然溫柔的摸摸麒麟的頭髮。「妳知道那孩子是天界和魔界都想要的吧？」

「不知道。」麒麟將頭一別。

「天帝老了，魔王也老了。可惜他們的子孫都不肖。」子麟托著腮，定睛看著麒麟。

「妳想說服我？」麒麟笑了。

「一點也不。」子麟打了個呵欠，「我們靈族歸順神族，卻不是連自我意志都歸順了。我傳下妳這條血脈，卻沒想過要左右你們的人生。」

「那騙我喝下蟠桃酒怎麼說呀?!」麒麟握緊拳頭怒吼。

「那是玄祖母的伴手禮嘛。」子麟吃吃的笑，「誰讓妳跟我這麼像……我想跟妳相處久一點咩。」她垂下眼簾，「人類的壽命，太短暫了。」

「快滾回天界！」麒麟揮舞著拳頭，「人間的空氣對妳不合適啦！」

「妳要小心不肖天孫喔。反而魔界的妳不用管……」子麟飄出窗外，「這種時代，神比魔可怕險惡多了。」

「別再來了！」麒麟衝到窗口，對著她大吼。卻站到她身影消失，才慢慢離開窗口。長生不老沒什麼好……但是對她來說，其實也沒什麼不好。

蹗下樓梯，蕙娘和她相視一眼。蕙娘是殭尸，原本就懼怕神聖的慈獸。反而妖神出身的大聖爺讓她自在。

「不考慮子麟娘娘的建議嗎？」蕙娘垂下眼。

「妳認為我是出賣徒弟求生存的師父嗎？」麒麟反問，「我不管他是誰，誰要他，他一天是我麒麟的弟子，終生都會是我的弟子。」

醉得幾乎死的明峰抬起頭，「讓我回去當圖書館員吧……」

「睡你的吧！你哪兒也不許去！上了賊船你還能去哪？請聽聽我珍藏已久的福音，阿門！」然後狠狠地在他頭上敲了一記。

「……主子，妳把他打昏了，這樣怎麼扶他回去睡呢？」

「怕什麼！」麒麟沾了酒，在明峰額上虛畫了個符，「咦？我的鈴呢？」

「…………」

一、啟程前往九天之上

三月的第一天，麒麟的心情很壞。

她違反常態的早起，悶悶不樂的癱在客廳的沙發上，看著蕙娘和明峰打包，更反常的是，她居然沒去碰酒。

明峰勉強忍住推窗的衝動，他確信，外面不是正在下紅雨，就是在下刀子，要不然就是正在下食人魚，絕對不可能只是下雨這麼簡單。

那隻千年酒鬼居然沒碰酒欸！

「主子，妳該換衣服了。」蕙娘溫柔的提醒。她有些擔憂的看看麒麟陰沉的臉孔，「是不是還不舒服？如果很不舒服的話，我們再請幾個月的假好不好？」

「我才不要。」麒麟一口回絕，「我好不容易做好了『心情很糟』的準備，幾個月後又要再來一次？這是很困難的欸！蕙娘，我的衣服。」她非常沉重的嘆了口氣。

賢慧的蕙娘捧出一捧疊得整整齊齊的衣服，然後麒麟她……她她她，她居然在客廳非常大方的開始換衣服了！

明峰滿臉通紅的跳了起來，「喂！喂喂喂！妳能不能稍微有點女人的自覺?!妳需要在客廳就換起衣服？」他狼狽的衝去關上大門，連頭都不敢回，「拜託！妳多少也關個門，爬上樓梯回房去換不會要妳的命，妳可不可以……」

「我還有哪裡你沒看過啊？」麒麟滿腹牢騷，「我傷重到爬不起來不是你幫我換藥的？修道修到哪去了？看不清紅粉骷髏皆是表象？你也中了『我執』這種咒……」她脫得只剩下內衣，悶悶不樂的將牛仔褲套上。

「不要老是拿《陰陽師》打發我！」明峰憤怒的對她揮拳，卻忘記她還在換衣服，真要命……明知道她近百歲，根本是人瑞了，該死的她身材好到噴火，只穿著牛仔褲更誘人啊～

「妳妳妳……」他趕緊垂下頭摀住脆弱的鼻子，匆匆一瞥，她美麗的身體卻有著可怕扭曲的傷痕，從左邊的頸項蔓延，消失在牛仔褲的腰際。

他突然覺得，鼻子也不是那麼脆弱了。

「……我看妳還是聽蕙娘的話，多休養一陣子吧。」他心裡一陣陣的難過。這麼久了……傷疤還在，而且癒合得很差。

麒麟的靈力……是不是開始耗竭了？

「笨蛋。」麒麟套上T恤，懶洋洋的穿上獵靴，「我可不想將『心情很糟』無限延期。」

蕙娘看了她一眼，輕輕嘆口氣。她叫了鬼車，老胡笑嘻嘻的把車開上來。然後明峰看到不可思議的景象——大包小包的行李，甚至連電視機、電冰箱，都從容的塞進鬼計程車看起來「不大」的後車廂。

……不知道為什麼，他越當麒麟的弟子，越覺得自己偏離世間的常理越遠。

「老胡，這些行李拜託你了。」麒麟依舊不大開心的坐進來，「等下次休假再跟你拿。」

「放心放心，」老胡滿口承諾，「我會把這些寄庫存放。妳知道我們冥界金庫的保全是三界有名的……」

沒錯，真的越來越超現實了……他不要這樣啊啊啊～

火光一閃，麒麟居然低頭點了根菸，「蕙娘，我們第一站是哪？」

「我看看……」蕙娘很嫻熟的掏出筆記本，「我們第一站是到國際機場，然後前往香港……」

明峰一把搶走麒麟的菸，「喂！不喝酒就抽菸？妳這女人怎麼這麼多壞習慣啊?!」

「你住海邊嗎？」麒麟暴怒了，「身為一個人類，不喝酒不逛街不看電影，連漫畫動畫都沒得看，幾乎沒有任何娛樂……讓我抽根菸是會死啊?!把我的菸還來！」兩個人在不大的鬼車裡面打成一團，互相搶奪一根香菸。

蕙娘嘆著氣繫好安全帶，堅持坐前座果然是正確的……

麒麟和明峰打到那根菸燃盡才怒氣沖沖的停止，而鬼車已經開到國際機場。

「主子，明峰，我們到了……」蕙娘再次嘆了口氣，「菸屁股都要燒到手指了，給我好不好？好好好，明峰就是擔心妳的身體嘛。我知道我知道，她也抽不了太多，你就讓她抽幾根過過癮……哎，這是國際機場，你們聲音放小一點好不好？」

勸了這個，又勸了那個，蕙娘有種深深的無力。

反正航空站不能夠抽菸……但是明峰還是盯著麒麟，為什麼要搭飛機？明峰過去不好的記憶都湧上來了，如果只有他一個，可能還沒事。

但是體質相當，強烈到可以烈日下喚鬼的兩個人？不要忘記他老爸為了要帶他去紅十字會，靈騷到飛機兩次迫降，老爸的靈力耗盡啊！

「為什麼不搭鬼車？」明峰跳了起來，「我不要跟妳搭飛機！」

「因為冥界的國境管理局很煩啊。」麒麟不耐煩的回他，「他們那起死官僚堅持式神必須以封珠的形態才可以經過國界。我能讓蕙娘接受這種侮辱嗎?!」

「……妳知不知道狀況啊?!」明峰激動的指著越來越多的鬼靈妖異，「看到沒有？妳是看到沒有啊?!我們兩個的氣相乘，在機場就引來這麼多、這麼多！在飛機上還得了？就算我不怕死，其他乘客也是無辜的吧?!天啊～我搭下一班飛機行不行？我絕對不要跟妳同班飛機！」

「我懶得改機票。」麒麟將臉一別。

「這不算是理由吧?!喂～」

「你們聲音放小點……」

吵到最後，明峰還是不敵蕙娘溫柔的規勸和盈盈欲淚的眼睛，垂頭喪氣的搭上了這班飛機。

幸好他隨身帶著《符論》。就算是臨時抱佛腳，總比一緊張忘個精光好。

如他所料，飛機還在機場就出狀況，還沒飛就莫名其妙的漏油。等緊急修復，換儀表板突然停擺，又是一陣兵荒馬亂。明峰低著頭，不敢看窗外。

「蕙娘，我跟妳換位置好不好？」他不要坐在窗邊了！

外面……比搭鬼計程車的時候還可怕，根本就是百鬼夜行嘛！什麼樣恐怖的臉孔都爭著貼在玻璃上垂涎，他到底是正常人類，再怎麼說都會覺得噁心吧？

「不要理他啦。」坐在他們中間的麒麟忙著玩俄羅斯方塊，「小孩兒沒見識，幾隻小雜魚就把你嚇成這樣……」

「一直誤點也不是辦法呀！」蕙娘身形不動，卻和明峰快速的交換了位置，輕輕拍著玻璃，「寶貝兒……都是上門讓我做菜的麼？」

原本糾纏得讓飛機幾乎看不到外殼的眾多雜鬼妖異，卻被蕙娘這位大殭尸的氣嚇得連滾帶爬，退到五里之外。

空氣突然變得清新，飛機也突然停止了各式各樣的狀況，恢復正常了。

明峰瞠目了好一會兒，低頭尋思自己有沒有無意間得罪過蕙娘。從某種意義上來說，蕙娘搞不好比麒麟還強。

飛機順利起飛，明峰偷偷鬆了口氣。他擔心的靈騷現象，因為蕙娘的坐鎮，居然沒有發生。

一放下心，他開始昏昏欲睡，朦朦朧朧中，他看到幾道黑影在飛舞……蝙蝠？飛機裡會有蝙蝠嗎？

定睛一看，他倒抽了一口氣。一隻漆黑的鳥像蝙蝠一樣倒掛在機頂，九個鳥首安在蛇頭上面，蜿蜒著探到幾個人的頭上呵氣。

原本應該是十個腦袋吧？當中有個蛇頸無力的垂下，沒有頭，濃稠的血液滴下來，落在地毯上發出嗤嗤的輕響，像是濃鹽酸一樣侵蝕著地毯。

怪的是，機上沒有人看到，除了明峰。大家都安心的在這隻妖怪鳥的底下睡覺或吃飯，沒人覺得有什麼不對。

甚至麒麟也埋首玩著俄羅斯方塊，蕙娘在喃喃自語，「羅勒……西洋芹……」應該是在開發新菜單。

難道這是他的幻覺嗎？

他心驚膽戰的偷偷抬頭看著妖鳥……那隻妖鳥居然有點害羞的縮了縮，不大好意思的笑了笑。

笑？一隻妖鳥不好意思的笑?!

他趕緊低頭避開妖鳥的目光，掏出包包裡的鏡子，從鏡裡看他在幹嘛。他還在往人的頭上呵氣。要很仔細看，才看得到人的百會穴升起還微弱的熱氣，冉冉上升，妖鳥便把這熱氣吸進去，像是很陶醉的。

一個人取一點，一個人取一點……但是遇到小孩，他卻蜿蜒的避過去，甚至對凝視著他的嬰兒笑一笑，伸出舌頭擺著可笑（但也有幾分恐怖）的鬼臉，逗得嬰兒咯咯笑。

這其實……還滿可怕的。

看了好一會兒，明峰才恍然大悟。喔，那妖鳥只是在吸食人的生氣而已嘛……

咦?!生氣?!

他一跳，指著妖鳥，「你給我住手……」卻被麒麟一記重拳擊中胃部，讓他摀著肚子倒在椅子上臉色發青。

「……甄麒麟！」他好一會兒才說得出話，「妳沒有看到……」

「我看到了。」麒麟繼續玩俄羅斯方塊，「別打擾他用餐。」她橫了一眼縮成一團的妖鳥，「你看你嚇到他了。」

「但是他他他……」

「這是必要的耗損啊。」麒麟打了個呵欠，「你不知道搭太多飛機對健康不好？你該感謝他，就是因為姑獲鳥寄居在飛機上，所以飛機的失事率才這麼低。不然航空公司那種千瘡百孔的維修制度，早就讓天上的飛機摔光了。」

「他還是飛機的守護神啊？」明峰沒好氣。

「守護妖。怎麼？你有種族歧視喔，妖族不能當守護者，只有神族可以？」

這跟種族歧視有什麼關係……？明峰再抬頭，那隻姑獲鳥已經不見了。

算了。別想太多，頭好痛……他離開座位，走進狹小的洗手間——剛好跟姑獲鳥面面相覷。

姑獲鳥正打開水龍頭，洗著不斷滴血的受傷蛇頸。

「呱呱呱呱~別殺我~」姑獲鳥嚇得噴淚，差點一頭栽進馬桶，「我我我~我只是怕毒血滴到小貝比，想說洗一洗讓血不要滴太多出來……別殺我別殺我~」

明峰呆站了一會兒，突然有點鼻酸。一隻妖怪欸……吸人氣的妖怪欸！會擔心毒血滴到小嬰兒？

「讓我看一下…」他語氣柔軟下來。

「不要殺我不要殺我~」姑獲鳥繼續歇斯底里的叫，九個頭一起搖，搖到讓人頭昏。

「誰要殺你啊?!」有些暈的明峰一把扯住他當中的一個頭，「我只是要看看你的傷口啦！」

「你要在上面撒鹽?!」姑獲鳥涕淚滂沱，「不要不要~人類好可怕好殘忍喔~」

明峰真的要氣死了。他對著姑獲鳥的耳朵大吼，「我只是想看看你為什麼一直發炎！發炎到有毒，那不是很嚴重嗎?!」

不知道是聽懂了他的意思，還是被吼到發暈，姑獲鳥僵住不動，明峰趁機察看了他的傷口。

這比較像是詛咒，不是外傷。雖然說明峰的專長不是祓禊，但是音無來家裡治療過麒麟，他看也該看會了。

試著將邪氣祓除，原本滴著毒血的傷口居然漸漸乾了，開始恢復健康的顏色。

「欸？」姑獲鳥呆了，「……不痛了？本來好痛呢！」

「會痛？」明峰覺得有點難過，「貼上這個不要再感染，應該就好了……」他掏出蕙娘幫他準備的小花OK繃，交叉貼在受傷的蛇頸上。

「這不是感染。」姑獲鳥很愛惜的看著小花OK繃，「好心的先生，謝謝你。」

他有些泫然欲泣。

「這是你幹壞事的時候被打傷的吧？」明峰板起臉來。

姑獲鳥慌張的搖著雙翅，「沒、沒那回事！我們雖然吸食人氣，但不會傷人，也相對應的庇護飛機安全啊……這是我的祖先……」他的聲音漸漸小了，「我的祖先曾經幫過天帝的敵人……天帝要細犬咬下祖先的腦袋，我們後代就永遠有個流著毒血的傷口……」

一人有罪，禍延子孫？這怎麼公平啊？

「我以為有生之年都要痛得半死呢……」姑獲鳥感動得幾乎滴淚，「不痛的感覺真好啊！」

明峰覺得鼻酸的感覺更重了。

「好心的先生，你要上洗手間吧？」姑獲鳥很客氣的鞠躬，「你的大恩大德，我永遠不會忘記的。謝謝謝謝……」他幾乎是一步一拜的離開，還小心翼翼的關上門。

沒想到，除了想吃他的妖怪，還是有著這樣外表醜惡，內心善良的眾生……

*　*　*

走出洗手間，他卻聞到血腥味。

那是很淡的味道，卻從頭等艙飄過來。難道是……他相信錯了妖怪？是不是不該治療他？難道傷口好了，他就開始殺生？

明峰臉孔變色，衝進頭等艙……只見滿艙的人在昏睡，姑獲鳥的九個蛇頸都纏在一個女人的身上，那女人抱著嬰孩，看到明峰就呼救，「救命啊～」

「把那個孩子給我！」姑獲鳥怒吼，九個鳥首這樣的猙獰。

「救命啊～有妖怪啊～快救我啊～」女子又哭又叫。

「把那個孩子還給我！」姑獲鳥凶狠的咬著那個女子。

「妖怪快要吃掉我了，救救我和孩子啊～」

明峰衝上去，一拳打向……

那女子的臉頰。頰骨碎裂的聲音很輕微，卻讓在場的人都愣住了。

「你快退開！」明峰吼著，「你的血快流光了，姑獲！」

「但是孩子……」姑獲鳥不肯鬆開，雖然他已經讓那「女子」的刺穿透了千百個孔，「剛剛小貝比對我笑啊！我不要退開！把貝比還我！」

那女子的臉頰偏一邊，望著明峰，發出冷冷的笑聲。「你袒護一隻妖怪。你……還算是人類嗎？」只見女子的皮寸寸龜裂、爆裂，一隻毛茸茸宛如獅子的妖獸，撐開姑獲鳥的緊纏，「想逃也來不及了！」

姑獲鳥被摧毀了三、四個蛇頸，像是破布般飛了出去。

明峰覺得眼前一片模糊……那隻醜陋卻善良的妖怪，像是死了一樣躺在地毯上。

「我不想問你是誰。」明峰低著頭，一陣陣的火氣洶湧，「但是我一定要殺了你！」

妖獸赫赫的笑，叼著嬰兒的衣服，「你想連這孩子也殺了嗎？愚蠢又軟弱的人類！」

妖獸頗感興趣的看著明峰，真奇怪，這個卑微的人類居然沒先殺了姑獲鳥。「我以為你會先殺了那隻醜鳥呢，你為了那隻醜鳥先襲擊人類嗎？」

「我，沒有你想像中的笨。」明峰勉強自己冷靜下來，緊緊盯著眼前的妖獸。他不得不承認，這隻妖獸的確有個堂皇俊美的外表。他擁有豹的頭，獅子的鬃，麒麟尾，全身都是黃金般的龍紋，臉孔有著野性的美。

但是這樣俊美的野獸想吃人，那樣難看的妖鳥卻心心念念掛著貝比的安危。

「空氣中充滿了血腥味。」明峰取出黃紙，「但是卻只有姑獲鳥的血味，沒有其他人的！」

「你有一個很靈的狗鼻子喔。」妖獸揚起巨大的爪子，「來世投胎當狗對你可能比較好！」

沒錯，明峰的老毛病又犯了。一臨戰，所有的咒語都忘了個乾乾淨淨。但是當妖獸的巨爪快要將他撕碎時……明峰手裡的「符」卻擋住了妖獸的爪子。

「……天羅神，地羅神，人離難，難離身，一切災殃化為塵。南無摩訶般若波羅蜜！」

沒錯，他會忘記。但是寫在符紙上總念得出來吧？

妖獸短短的恐懼了一下，往後一躍。他將嬰兒用尾巴捲起來，突然笑出聲。「白衣神咒？你以為我會怕嗎？」

妖獸的尾巴掃了過來，捲在上面的嬰兒大聲哭嚎，明峰只能閃過去，卻被妖獸的爪子抓到，雖然閃得快，但還是抓爛了衣服，留下了幾道深深淺淺的血痕。

他打得絆手絆腳的，飛機上的空間不大，滿機的人都在昏睡中。妖獸不在意人類的生命，但是他在意！漸漸的，明峰處於處處挨打的局面，好幾次都用自己的身體去掩護沉睡的旅客。

「真令人感動啊。」妖獸赫赫的笑，「但是我玩夠了呢……」

妖獸的毛髮幻化成飛針，飛向一個熟睡的孕婦。雖然知道挨了必死，明峰還是擋了上去。眼見就要被射成蜂窩……飛針卻像是撞到了隱形牆，無力的落下來。

「去上個洗手間要上這麼久？」麒麟巴了明峰的腦袋，她看了看妖獸，又看了看渾身是血的明峰，忍不住深重的嘆了口氣。「我該說你很敏銳還是很笨？拿小抄還打輸會不會很丟臉啊？」

什麼小抄？明峰的嘴硬了起來。「又還沒打完妳怎麼知道？妳不要插手啦！」

「你用白衣神咒對付觀世音的寵物金毛犼，你覺得有贏的機會嗎？」麒麟的臉孔浮出冷冷的笑。

「我以為是誰。」金毛犼沉下臉，「原來是孫猴子傳下來的雜種，人不人鬼不鬼的江湖術士啊！」他陰森森的笑，「我占了皇后，吃了多少宮女，孫猴子連我根寒毛都碰不到。妳這雜種又能奈我何？」

「也對啦，後台硬就是這樣啊……連我太祖爺爺都拿你沒啥辦法……」麒麟掏了掏耳朵，「但我可不是仙神，不受天界管束呢。」

麒麟的唇角浮起冷冰冰的殘忍，「決定就是你了！上吧，明峰！」

欸？上什麼呀？他只作了白衣神咒的小抄，其他的……他慌張的從口袋裡拿出

「小抄符」，沒細看就照著上面的咒語念：

「燃燒吧！我的小宇宙！以麒麟的名義！」

飛撲而至的金毛犼被明峰的怒氣和法力一激，像是被十萬伏特的高壓電打中，碰的一聲撞上了飛機的天花板，卻被麒麟預先布下的結界擋了下來，沒傷害到機身，但是摔下來的時候，砸壞了一個小亭子。

就在明峰的咒語發動的同時，他的尾巴讓蕙娘切了下來，嬰兒穩穩的躺在蕙娘的懷抱。

看著渾身冒煙燒焦的金毛犼，明峰說不出是什麼滋味。

「……妳什麼時候把小抄混進來的？」明峰吼了起來，「我沒寫《聖鬥士星矢》的對白啊～」

「你說什麼我聽不懂。」麒麟移開視線。

天啊……他又把性命交給一句漫畫對白……

「飛機上有電話可以打吧？」明峰泫然欲泣，「我要打電話回紅十字會……」定睛一看，一只壓壞的話筒從動也不動的金毛犼身下露出來……

人生還有比這個更絕望的嗎？「……我不想再當妳的徒弟了！嗚嗚嗚……」

誰能救救他啊？

二、啟程前往九天之上（續）

還有四十五分鐘，飛機就要降落了。

明峰忙著急救姑獲鳥，看到他幾個鳥首都已經碎裂，心裡不禁一陣陣的難過。蕙娘溫柔的哄著哇哇大哭的嬰兒，卻止不住他的驚惶。

「欸，讓我看看貝比吧……」姑獲鳥氣如遊絲的說著，搖搖晃晃的揚起蛇頸。嬰兒看到姑獲鳥，居然哭著伸手要姑獲鳥抱。

嘿嘿嘿！小貝比真的好可愛唷！

「嚕嚕嚕嚕～」姑獲鳥弄出鬥雞眼，舌頭伸出來亂晃，做了一個滑稽又恐怖的鬼臉，襯著一身的血……原本驚惶哭泣的嬰兒，卻被逗得破涕為笑，咯咯的聲音響透了沉寂的機艙。

但是為什麼我覺得這樣鼻酸？明峰問著自己。他要很努力才能夠忍下那股酸楚，連坐在金毛犼身上的麒麟都動容了。

「幫他上藥吧。」麒麟扔了一管軟膏，「光祓禊是不會好的。」

明峰狐疑的看著沒有標籤的軟膏，「這是啥？該不會是香港腳藥膏吧？」

「我會有那種毛病嗎？」麒麟揮著拳吼。

「難道是少年得『志』？……喂！妳怎麼用水杯打我？我反對暴力！」明峰摀著腦袋的腫包大叫。

「……快幫他上藥！」麒麟的怒火幾乎要燒過來了。她正在尋找其他水杯，屁股下的金毛犼卻抖動起來。

想起身？想得美。她使了個千斤墜，險些將金毛犼壓得吐血。

「大人，麒麟大人……」金毛犼哀求了，「是小的有眼無珠，請饒過小人一命，小的迷魅法只有小人能解……請您起身，我解了這機的迷魅，不然飛機會栽進海裡……」

「蕙娘，把孩子送回去。」麒麟看嬰兒回到母親的懷抱，彈了彈手指……滿機的人都醒過來，像是什麼事情都沒有發生。空姐在他們身邊走來走去，卻沒有人看到他們。

「我不能解？嗯？」麒麟獰笑起來，又加重了一層千斤墜。

金毛犼被壓得腦漿都要噴出來了，無計可施，不禁大吼大叫，「妳要知道我的主人是南海普陀落伽山大慈大悲救苦救難靈感觀世音菩薩！妳若殺了我，我家主人絕對不會善罷甘休的～」

「我理那一世無夫、縱放狂獸的尊者做什麼？她就是一味的意慈心軟，才縱你這樣的惡獸出來尋人吃！」麒麟嘿嘿笑了起來，「這會兒我要好好想想怎麼吃你好……蕙娘，有主意嗎？」

「嗯……」蕙娘偏著頭，很認真的思考，「叫化金毛犼？我一直想用死海泥來作看看……全身裹上厚厚的死海泥，然後用土窯烤，等烤熟了，毛皮跟著硬泥一起剝下，原汁美味一點都不會跑掉喔！」

「好吃是好吃，可惜了這身好毛皮。」麒麟搖了搖頭。

「那就三杯金毛犼？我會先把皮剝乾淨的！我跟太平天國的那些人學會了剝皮的好辦法，還沒機會試招呢……」

「這招我也知道，但是泡過水銀不好吃了吧？」

金毛犼聽她們說得有來有去，不禁毛骨悚然，他瞥見地上飄著的白衣神咒，情急的大喊，「主人！主人～救命啊，快救救我啊～我快要被吃掉了～救命啊～」

只見符上氤氳了霧氣，緩緩成形，一個莊嚴美貌的女子出現，身穿貼身小衣，束著錦裙，面容露著薄瞋，啐了金毛犼一口，「好孽畜！讓你在南海修行你不要，現在要讓人捆下鍋了才想起主人來！」

蕙娘颼的一聲躲了個無影無蹤，重傷的姑獲鳥一跳跳進明峰的懷裡發抖，只有麒麟寂然不動，只是坐在金毛犼身上冷笑不已。

觀音看到麒麟的無禮，心裡好不自在，但是到底理虧，她還是勉強低頭，「麒麟真人，這廝乃是貧尼的一副腳力，還望真人發還是幸。」

麒麟冷笑更深，「我也知道這畜生是尊者的寵物。只是隔個幾百年就忍不住嘴饞，要下凡撈幾個人吃吃才過癮。也不想想這麼做豈不是玷辱了尊者的聖名？這等敗壞家風的畜生，尊者心慈下不了手，我代尊者斷了根吧！」

說著就掣出一根雙頭包金的鐵棒，金毛犼嚇得涕淚泗橫。這根雖然不是如意金箍棒，卻是大聖爺仿其意特地做給麒麟使的，雖沒那麼重，卻也沒輕多少，論起神威，大約也跟如意金箍棒不相上下。

二十年前，金翅大鵬私離佛境，到處吃人，就是挨了麒麟幾棒，打折了兩翅，險些命都沒了，養到現在還是半殘廢。連佛母之子都挨不住……看來他是要沒命了。

「主人主人～救命啊～」金毛犼痛哭個聲嘶力竭，「莫讓那哭喪棒打殺我啊～」

觀音大士也變了面容，厲聲制止：「麒麟真人，且慢！待我說明前因後果……切莫衝動！」

麒麟端著鐵棒，冷冷的看著觀音大士，卻還是坐在金毛犼身上。

「這孩子……」她指了指偎在母懷的嬰孩，「前生多有罪愆，這世命該多災多難，身耽殘疾，痛苦終生。是貧尼一時感嘆，覺得如此生不如死，不如夭折還免了幾十年磨難。哪知道這孽畜留了心，居然私自咬斷鐵鍊下凡替這孩子消業。且看在貧尼的份上，讓貧尼帶回管教吧。」

「哼哼，」麒麟嗤笑兩聲，「好個大慈大悲的尊者，好個救苦救難的菩薩，真是了不起，了不起！說起來，的確是消業的好辦法，說不得我也得學學……」

觀音大士鬆了口氣，沒想到麒麟居然單手抓住金毛犼的脖子，像是提件衣服似地將龐大的金毛犼提起來，惡狠狠地往金毛犼的耳朵咬下去。

不知道為什麼，金毛犼被她這麼一抓，全身都癱軟了，耳朵又傳來劇烈的疼痛，他像是殺豬似的大叫起來，觀音大士變容，搶救不及，金毛犼已經少了一隻耳朵。

麒麟啐了一口，一截血淋淋的耳朵吐在地上，「果然要紅燒過才好吃。蕙娘，剝了這畜生的皮，替他消消吃人的罪業！」一面將癱軟的金毛犼往蕙娘那兒一擲，「先穿了他琵琶骨，斷了他四足的筋，省得他給我作怪！」

蕙娘雖然畏神，卻對麒麟異樣忠實。聞得主人命令，一言不發的執行，金毛犼發出陣陣的慘叫。

觀音大士不禁大怒，「妖魔鬼怪竟敢在我面前裝腔作勢！」她擲出淨瓶打向蕙娘，卻讓麒麟擋在前面。

她提著鐵棒，輕輕將淨瓶一撥，「尊者，請自重。妳能縱放妳家畜生吃人消業，就不准我們吃畜生替他消業麼？」她又回頭斥罵金毛犼，「叫什麼叫？又還沒活吃了你！你活吃了多少人自己倒說說看。你會痛，旁的人不會痛？」

金毛犼失了一隻耳朵，又被穿了琵琶骨，四肢的筋都被挑斷，痛徹心扉，幾乎暈了過去。看觀音大士被說得臉孔一陣青一陣白，遲遲不敢相救，心知必死。一股惡氣湧了上來，大吼著，「媽的，老子就是要吃人，怎麼樣？人類還不是殺生存活？就准人類吃萬物，不准老子吃人？人吃家畜，老子吃人，天經地義！天底下誰不是奪誰的性命存活？人類就比較高貴嗎？雞鴨魚肉、蔬菜水果還不是生靈！我吃人有什麼錯？」

「說得好。」麒麟冷笑兩聲，「你吃人類，我吃你，又有什麼錯呢？你這論調我喜歡，誰讓你打不過我，得到我鍋子裡作客呢？」

「妳這母猴子！」金毛犼痛得牙關格格響，「你家那隻潑猴祖宗見了我們大士還得三跪九叩陪笑臉，妳居然……」

「孽畜！我是怎麼教導你的？快快閉嘴！枉費我千年來的教誨！果然糞土之牆不可污也！」觀音大士喝住他，她垂首想了一會兒，語氣和軟了下來，「真人，我也知道孽畜頑劣，實在罪不可赦。但這孽畜與我相處千年之久，但請發回管教，若有再犯，但憑處理，決不求情。這次可否看在我的薄面，免他一死？」

在旁邊發愣的明峰猛然一驚，「麒麟，不要放了這傢伙！妳看看他將姑獲鳥害得多慘！他一定會再犯的！」

麒麟笑了笑，卻一點歡意也沒有。她拎起滿身是血、奄奄一息的金毛犼往大士面前一擲，「別說我不賣尊者面子。尊重妳保護人間，這畜生就交還妳了。封天絕地也有段時間了，人間事，人間自會處理！不加庇護誰也不會說什麼，總不要跟著妖異一起祟禍吧？別讓我上奏章去打小報告……天帝他老人家也夠忙的了。」

觀音大士忍氣吞聲的收了金毛犼，發現他氣息微弱，琵琶骨和腳筋都被挑斷，千年道行毀於一旦，心裡大怒，卻不方便發作。孫猴子當了和尚，反而比往昔更潑更不怕人，如來又縱著他——連痛打佛母之子，如來也只是默默的收了金翅大鵬回去養傷，一句話也沒有……她一個尊者，又能多說什麼？

甄麒麟背後有孫猴子和慈獸這兩大勢力撐腰，能不撕破臉，就別撕破臉。只是她心愛的寵物為了幾個微不足道的人類傷成這樣……忍不住恨恨的望她一眼，只見她昂然不懼，觀音越想越氣，卻又只能隱忍下來。

「我還得謝謝真人網開一面。」她緊咬銀牙，勉強客套了一句。

「好說。」麒麟很流氓地將一人高的鐵棒一頓，「若是大士的苦口婆心對這畜生無效，倒還可以交給我的鐵棒管教管教。」

觀音氣得無話可說，忍了忍氣，「……應當不至此，貧尼告辭。」

麒麟將鐵棒收起來，揮了揮手，「不送了。」

等觀音恨恨的消失，蕙娘才鬆了口氣。她原本是殭尸，離觀音這麼近，連氣都透不了。寧了寧神，她忍不住嘮叨，「我的真人，妳做什麼跟觀音大士起衝突？平日妳不是很有耐性的周旋？怎麼處理得這麼火爆……」

「誰讓我沒酒喝呢？」麒麟悶悶的坐下，「要怪就怪那隻死狗偏在我心情不好的時候惹怒我。」她喝了口葡萄汁，厭惡的皺起鼻子，「蕙娘，我的菸呢？」

「……主子，我們在飛機上。」

「逼我出去抽麼？」她悶悶的起身，「飛機外面很冷呢……」

「哎唷，主子！再十分鐘就降落了……喂！妳不要真的出去了！等等又被拍照！喂！主子呀，現在外面很冷呀～」

蕙娘抓起外套，追著挪移到飛機頂抽菸的麒麟而去。

……這真的很違背常識對不對？跟她們住久了，明峰覺得越來越偏離正常的世間了……

他沉重的嘆口氣，姑獲鳥同情的用翅膀拍拍他。

被一隻鳥同情……他的哀愁似乎更深了。「我幫你上藥吧……」

＊　＊　＊

下了飛機，麒麟還是悶悶不樂。他們下榻在一家四星級的旅館，面對著山光水色，異樣華麗。但是房間卻只有雙人床，抱著姑獲鳥的明峰傻了眼。

「……我睡哪？」

麒麟懶懶得往沙發一癱，奄奄一息的開始抽菸。「隨便你。看你是要睡在沙發上、浴缸裡，還是地毯……就算你要倒掛在通風口睡我也不管你……」

「……我就不能自己一個房間嗎？」他吼起來，「累了一天，我要睡在床上！」

「可以啊。」麒麟無精打采的，「你就睡床上。但是要另一間大概不可能……你不知道防治災難小組是很摳門的嗎？預算就這麼多，別奢求了。」

「……我睡床上，妳睡哪？」他心裡覺得有點不妙。

「當然也是床上啊。」麒麟奇怪的看他一眼，「你怕睡不下？這床是king size的。」

我管你是國王尺寸還是皇后尺寸……我怎麼好跟妳同床共枕啊?!

「……妳好歹也拿出點女孩家的矜持來！」明峰沉痛的指責，「好隨便邀請人家上床睡覺嗎?!多少也得想想妳是女孩子……」

麒麟疲倦的看著他，「……你如果願意睡陽台，我也不會阻止你。」沒酒喝就夠悶了，偏偏跟來的是囉哩囉唆又拘泥的小徒。唉……她的命真是越來越苦了……熄掉了菸，她鑽進被窩，一件件的把衣服從被窩裡扔出來。

蕙娘很理所當然的幫她將衣物收拾好，明峰卻趕緊將臉一轉，臉孔紅得快出火，在他懷裡的姑獲鳥又同情的用翅膀拍拍他的肩。

……你的同情心不要這麼氾濫好不好？

低頭瞧了瞧姑獲鳥的傷口，那管軟膏還真是神奇，姑獲鳥的傷口不但癒合，破碎的鳥首也長好了，只是傷痕猶在，看起來有點像是縫補過的怪獸娃娃。

九個腦袋都專注的看著他，眼神卻是非常溫柔的。

為什麼吸食人氣的妖怪，會有這麼溫柔的眼睛？

「你先在我身邊養傷吧。」明峰拍了拍他的背，主動輸了一點氣給他，「等你傷好了，再送你回飛機去。對了，你叫啥名字？」

姑獲鳥瞪大了眼睛，差點說不出話來。這是第一次……有人問他的名字欸。

「……你不覺得我長得很猙獰可怕嗎？」

有些靈感比較強的人類可以看到他……不是尖叫，就是昏倒。眾生雖然不怕他，但也嫌惡他醜陋，不屑交談。

他在飛機獨守的時候，其實是很孤獨的。

「神經病哦？」明峰粗聲粗氣，「看久了也頗順眼啊！你叫什麼名字？你總有個名字吧？」

姑獲鳥忸怩了半天，他的名字叫出來總是會讓人捧腹大笑。「……我媽叫我英俊。」他一定會笑，一定會笑的！

但是明峰沒有笑，只是摸摸他的頭，「哦，英俊？不錯啊，好叫又好記。」

呆呆的看了他一會兒，姑獲鳥用雙翅拉著他的前襟，「……你不覺得好笑嗎？我這麼醜……卻叫什麼英俊……」

「你很煩捏，」明峰不耐煩了，「是多醜啦？在你媽媽眼中，你一定是最英俊的小孩啊！我看也覺得滿順眼的，幹嘛一直說自己醜……你幹嘛哭啊？你把我的衣服都弄溼了！」

姑獲鳥九個腦袋十八隻眼睛都湧出淚，嘩啦啦的像是下雨一樣。或許侍奉像麒麟這樣美麗又強大的術者很榮耀……但是他更願意侍奉這個法力低微但是真心體貼的人類。

「主人！主人～」姑獲鳥把九個腦袋都埋進他的胸口，「我不回飛機了！我終身侍奉你，主人～」

「什麼?!」明峰被鬧個手忙腳亂（十八個眼睛流下了淚水其實滿有蓮蓬頭的效果），他狼狽的阻止英俊繼續哭，「什麼啦?!求求你別哭了，我要洗澡會去浴室……靠！快溼到我的長褲了！你說什麼都好，別哭啦！」就這樣，明峰得到了他親手收服的第一個式神。這個式神陪伴了他終生，一直忠實的為他捨生忘死。

躺在床上的麒麟疲倦的睜了睜眼皮，翻身又睡了。這個蠢徒弟不知道他擁有一種超乎任何法力的強大力量……不知道他幾時才明白？

其實溫柔，才是真正無比強大的咒。

*　*　*

一大早，麒麟心情很壞的起床。

她工作時滴酒不沾，但是狂喝了一年的酒，突然絕了，難免會有禁斷症候群。所以心情低落是應該的……

只穿著內衣短褲，低頭一看，明峰和姑獲相擁而眠，睡得挺香的，身上卻連條手帕也沒有。她把棉被扯下來，朝明峰的身上一扔，無精打采的往浴室去梳洗。

正在刷牙，鏡面突然朦朧蕩漾起來，她漱了漱口，輕輕嘆了口氣。

只見大聖爺瞪著她。

「……關電視。」她喃喃著，就要走出浴室。

「妳給我回來！」大聖爺氣得全身發抖，「死丫頭膽子越來越大了！什麼人都要惹，連尊者妳也惹了！上回差點打殺了大鵬，這回兒又把尊者的座騎打殘了！妳這惹禍的性子到底是像到誰啊!?」

「遺傳是很恐怖的。」麒麟沮喪的回答。

大聖爺指天罵地，又跳又叫了半天，連說帶念，鬧得麒麟耳朵嗡嗡叫……

「好了，好了！」麒麟舉手投降，「行了，我知道了！這次香港這隻我就溫柔說服行不行？彈也不彈他一指甲，成不成？別念了，太祖婆婆……」嘖，老人家年紀略有些，碎念到令人崩潰。

「太祖爺爺！」大聖爺吼了起來，「我孫行者的子孫是縮頭畏禍之輩嗎？給妳鐵棒做什麼用的？給我打！重重的打！」

麒麟瞪著大聖爺好些時候，忍不住笑了出來。「那您老人家罵我半天做啥？」

「罵當然要意思意思罵兩句，」大聖爺理直氣壯，「我只嫌妳打得輕了。」

……遺傳果然很恐怖。

「讓我洗澡吧。」麒麟輕嘆一聲，伸手將鏡面攪混，「我知道您要說什麼。」

看起來，她的工作越來越不簡單了……

三、繁華喧鬧的東方之珠

香港的香菸特別貴。

買了一包菸，麒麟就有點牢騷，看到飲水的價格……她決定去附近的餐館喝杯鴛鴦咖啡。

搞什麼……礦泉水這種價格，教人怎麼活？

街道上，行人緊張忙碌，比台北的步調還快上一倍。香港話慷慨激昂，連問候都像是在吵架。或許她放假放太久，悠閒慣了，這樣緊張刺激的都市生活對她實在太吵了。

其實還有種更激昂的聲音隱隱約約的傳出來。每次工作的開端，她都從香港開始。

只是這一次……潛伏在哪？

她在大街小巷胡逛，卻有點疑惑。這個原本活力十足的都市，卻有種東西在衰頹。真奇怪……熟悉的憤怒不見了，反而是一種生命力漸漸消逝的感覺。

這種感覺很詭異。

她百思不得其解，決定去舊貨街看看。

依舊是堆得亂七八糟的老傢具、老器物，整條街滿滿的。當中夾了幾間古董店裝高尚，但是她知道，那裡頭賣的不是假貨就是贓物。這條街靠著這條不太正路的管道，經濟倒是欣欣向榮的。

但是……匯集了這麼多器物的歲月，深染在上面的執念、貪欲，卻也濃重的化不開。這種氣味，當然吸引了許多眾生。

麒麟很熟門熟路的撞進一家古董店，風韻猶存的女主人原本慵懶的抽著長嘴菸……一看到她闖進來，嚇得飛跳，貼在牆上結巴，「……禁禁禁……禁咒……」

「得了，狐媚子。」麒麟老大不耐煩，「我也就揍過妳一次，需要嚇成這樣？那也是二十年前的往事了！再說我下手又沒很重……」

娘啊，那叫「下手沒很重」？差點打折了她的脊背，尾巴和右手都打斷了，毀了她快兩百年的道行……天可憐見，這樣叫做「沒很重」，那怎樣叫做「很重」？

看她愣著沒講話，麒麟往櫃台一靠，「狐媚子？」

「我、我……」女主人眼淚汪汪，「我可都改了！自從大師『教導』以後，我現在比尼姑還尼姑！我再也沒去傷生吃人了！大師妳要相信我……」

「……每五年就來找妳一次，怎麼每年的台詞都一樣？」麒麟搔了搔頭，「妳現在叫啥名字？」

「我、我叫做胡艷然。」艷然連連搖頭，眼淚跟著亂甩，真如梨花帶淚，「雖然我叫了這名字，但我可以指天發誓，除了偶爾跟男人上上床，我可是什麼也沒做呀！」

「誰問妳跟誰睡呀？」麒麟沒好氣，「這也值得哭哭啼啼？我的天……我跟上次一樣，要問相同的問題。」

「我的娘娘……」艷然哭著跪下來，「哪次我不是打聽好等著告訴妳？但是這一回兒……小妖真的打聽不出來。」

麒麟皺眉，這隻狐媚子在香港居留最久，可以說是香港妖界的包打聽。連她都不知道……

「是『她』給了妳什麼好處嗎?」麒麟靠著櫃台,艷然巴不得自己可以鑲在牆上,「天地良心,小妖跟天借膽也不敢這麼做!真的是那位躲得無影無蹤,許久沒人看見她了……照說她該開始惹禍,就不知道為什麼……我是真的不知道呀~」她乾脆嚎啕大哭起來。

千不該萬不該,當真弄死了人,偏偏又讓管區檢舉了。更不該撞到麒麟的手上……那次「教導」打折的不只是她的尾巴和右手,連她的膽子也被打沒了。現在看到麒麟就像看到鬼似的……

就算她再怎麼怕香港的「主神」,麒麟要問下落,哪次她不是冒著生命危險去打聽?這回無消無息,她已經發愁很久了,想著麒麟銷假也還有點時間……哪知道她這麼快就回來上班了。

這年頭,當個妖怪還真是擔驚受怕,比個人類都還不如了。

「我又沒要打妳,需要這麼怕?」麒麟橫了她一眼,有點受不了,「不知道就不知道,我再去別處問就是了……」

艷然怕她說反話,嚇得像是抖篩子,「娘、娘娘,我一定會繼續打聽的!我我我……」

「得了得了，」麒麟舉手討饒，「我自己辦就行了。別那副沒出息的樣子……」

等麒麟出了大門，艷然才收了眼淚。「這潑辣貨……」她罵著，「每五年就來嚇老娘一次。老娘是欠妳什麼來著？人不人，鬼不鬼……」

不其然麒麟又踱了進來，艷然張著嘴，又款款的跪下來。「我、我我我……」

麒麟瞅著她好一會兒，「妳這兒總有私菸可以買吧？」

艷然說不出半句話，從櫃台下面掏出了所有的菸，滿滿的堆了一櫃台。「都送妳！都送妳！娘娘我不是故意的……」

「故意啥？」麒麟嘆了口氣，取過一條涼菸，把錢放下，「我可沒聽到妳罵我。」

……妳這不是都聽到了嗎？

「保重了。」她拿起菸，朝後揮了揮手。

艷然跪了好久，終於下定決心搬家。搬到哪都好，只要麒麟不要每五年來找她一次，就算是南極她也去了。

*　*　*

香港說大不大，但是逛起來也夠累人的了。

她發現，狐媚子還算帶種的。其他的妖魔仙神不是搬家，就是出國旅遊，香港原本無數眾生，起碼也跑了三分之一。剩下的一半不是磕頭，就是昏厥，讓她打也打不成……不打，看到那副孬樣又恨得手癢癢。

悶著臉踱回旅館，開了房間門，她不禁大叫一聲：「我有那麼恐怖嗎?!」

「沒錯，妳就是這麼恐怖！」等待多時的政府官員氣得猛跳，「小姐，妳乖乖待在旅館是會死嗎？我慢了一步，妳就出去胡逛！妳知不知道妳這一逛，香港多了多少起靈異現象，起了多少莫名其妙的天災人禍啊？車禍的、心臟病的，還有那些眾生懼禍，開車逃逸，交通阻塞了快三個鐘頭！妳知不知道這些都是錢，都是錢啊?!每一點都是納稅人的血汗錢，妳是懂不懂啊～」

「反正不是我繳的稅金。」走了一天累得發煩的麒麟往沙發一癱，「蕙娘，我餓死了。有什麼吃的？」

「我幫妳叫客房服務好不好？」蕙娘總是好脾氣的。

麒麟呻吟了一聲，「這種飯店的客房服務……比明峰煎的皮鞋底還難吃。」

「喂，」正在幫英俊上藥的明峰不高興了，「幹嘛扯到我頭上來？我又不是來當妳的廚子的！」

「妳到底有沒有在聽我說啊?!」政府官員氣得渾身發抖，「不要吵了！再吵我就要去紅十字會告狀了！」

「去呀。」麒麟翻了翻白眼，「老娘早就不想幹了。回家喝酒吃飯豈不是更樂？要不是紅十字會扣著我的退休金，我犯得著出來吃苦受罪嗎？」

「去呀。」明峰跳了起來，「就說我不適合這職務，讓我回去當圖書館員吧……」

他瞪著眼前這群吵吵鬧鬧的人，突然覺得很哀怨。

他吳耀強是香港都計處特殊組組長。看起來官卑言微，但是領的是首長級的薪水，出入是處長級的待遇。雖然在政府機關占個小小職缺，卻是裡世界的管理員，誰敢不敬重他？

但是認識麒麟快二十年了，每次都讓這個不按牌理出牌的禁咒師氣得幾乎斷氣，這不知道算不算是一種孽緣……

抹了抹禿額上的幾點汗，他氣餒的想，麒麟依舊芳華青春，但是他已經老了。年輕的時候，他還可以氣急敗壞的追到麒麟對她大吼大叫，陪她上山下海找尋……現在卻只能在旅館裡瞪著她的式神，氣悶無比的等她逛累回來。

「妳到底有沒有把卷宗打開來看看啊？」他哀叫了起來，「我不是寫得很清楚……」

卷宗？麒麟抬頭想了想，「你說你寄來的公文？我扔在家裡。」

我花那麼多心血寫的漫長報告書，妳給我放在家裡……「妳拆都沒拆吧!?」

「認識你這麼多年，你還是這麼囉唆……」麒麟翻了個身，拿起椅墊蓋著自己的臉。

「……我會這麼囉唆是誰害的？吭？到底是誰害的啊～」

這邊吵得熱鬧無比，蕙娘扯了扯明峰的袖子，拉他出房門，英俊也跟著飛上明峰的肩頭。

「蕙娘？」

她帶著意味深長的笑，「他們難得見面，讓他們敘敘舊吧。且去幫麒麟找點吃的……」

敘舊？你聽過誰扯著嗓子敘舊的嗎？

「這個嘛……」蕙娘掩著嘴，「你還小，不懂啦……麒麟是太乙真仙，修到快沒人氣兒了，這些她一輩子也不懂。但是老吳……」她垂下眼簾，「老吳來日也不多了，你也讓他和麒麟多說幾句話兒。」

「蕙娘，妳真的想太多了。」明峰扁了扁眼，「麒麟除了那張皮好看點兒，誰會瞎了眼看上她？妳沒聽那吳先生一進來就指天罵地，從大聖爺罵到子麟婆婆……更把麒麟數落了一整個下午。妳聽聽這像是喜歡麒麟的樣子嗎?!」

「哎呀，你小孩子不懂啦。」蕙娘吃吃的笑，「將來你長大，就會懂了。」

「……我有投票權好幾年了！要長到多大……等等，蕙娘，這是人家飯店的廚房吧？蕙娘？蕙娘！妳在幹嘛？」

明峰瞪著眼，看著蕙娘朝著幾個還在廚房的廚師吹了幾口氣，那些廚師軟綿綿的躺了一地。

「蕙娘？」煮得難吃不是死罪吧？雖然他也覺得很難吃……但也不到這種地步吧？

「欸？只是借一下廚房啊。」她笑笑的飄進廚房，灶君嚇得鑽進瓦斯爐，死不出來，「不煮頓好吃的，麒麟已經沒酒喝了，再沒飯吃……真的是太可憐了。」

明峰跨過那些睡到打呼的廚師，不自覺的想……這算不算犯罪啊？

「我覺得我越來越偏離人類的正軌了……」他哀怨的打開冰箱。

「這代表你往仙道前進了一步。」蕙娘笑嘻嘻地舉起雪白的食指。

「根本不是這樣好不好?!妳跟麒麟學壞了，都只會唬弄我而已！」明峰吼著，一面不停手的切南瓜，「等等！蕙娘……妳搬出整隻烤鴨幹嘛？我吃過了，這隻肥烤鴨妳要給誰吃？喂！妳不要搬那麼多食材出來！只有麒麟一個人要吃飯啊～」

「這個……」蕙娘害羞的笑笑，「少了酒的熱量，總是要多吃點來補足……」

「妳都不怕她撐裂傷口的啊？妳好歹也想想她是個人類呀！都是妳慣壞她的……」

抗議歸抗議，他還是跟蕙娘合力做了一大桌的菜，還推了兩輛推車才推回去。在門外還聽得到吳先生的怒罵聲。

一聞到食物的味道，原本委靡在沙發上的麒麟突然一振，推開還在嘮叨的老吳，一把拉開大門，對著食物吼，「吃飯！我要吃飯！」

「妳也等我擺上桌子行不行？」明峰的青筋暴出來，「犯得著用手抓雞腿嗎？……」

他和吳先生同時怒吼，「妳有點女孩子的樣子行不行?!」吼完兩個人相視一眼，很有感慨的互相拍拍肩膀，又異口同聲，「別像餓死鬼投胎！」

麒麟瞪了他們一眼，繼續埋頭苦吃。謝天謝地，還是蕙娘體貼……她在外面吃了兩餐……可憐見的，香港除了鴛鴦咖啡還能喝，那樣不是鹹死油死？這兩餐真是讓她吃得痛不欲生……

等她宛如風捲殘雲的掃完整桌，這才痛苦不堪的癱倒在沙發上，「蕙娘，我要胃藥……」

真是可怕的景象……明峰看得胃也跟著翻攪。跟她這麼久，他還是受不了麒麟接近無底洞的食量。

吳先生臉色也發青，「明天我再來接妳好了……」

「你朝我罵半天，但是重點一句也沒有。」麒麟嚥了胃腸藥，「你要接我去哪？那個惹禍精的下落你知道了？」

「那個惹禍精……」吳先生搔了搔沒啥頭髮的腦袋，「那個惹禍精現在不惹禍了……就躺在總部大樓的地下室，口口聲聲要等死。」

麒麟閉上眼，再睜開，「你說什麼?!」

「她躺在總部大樓的地下三樓說要等死。」吳先生攤了攤手。

深深的吸了一口氣，可以看出來麒麟強壓著怒氣，「帶我去找她。」

吳先生為難的指了指她，「……妳剛吃過飯……不太好做激烈運動吧？」

「你讓我自己去，很可能會弄垮整棟樓。」

「…………」

*　*　*

不到五分鐘，明峰和麒麟隨著吳先生，在旅館頂樓搭上直升機。麒麟鐵青著臉，明峰從來沒看過她這麼發怒，只能把滿肚子疑問吞進去，問也不敢問。

感覺直升機才起飛不久旋即降落，他們從頂樓搭電梯，直到地下三樓。一開門，空曠的大廳，幾個穿著白衣服的工作人員忙碌著，一堆儀器閃著光，滴滴答答。

這是哪？明峰不禁迷惑起來。難道他們誤闖什麼軍事基地嗎？

「吳先生！」一個同樣禿頭的工作人員迎過來，「她還是什麼都沒吃……」

吳先生擺了擺手，「開門。」

「可、可是……她厭惡任何聲音……」

「開門！」吳先生不耐煩了，「她在這兒裝死怎麼是個了局？她也得想想，自己也算是香港之主！」

工作人員不敢違逆，打開了沉重的大門。

跟著麒麟進去……明峰傻眼了。只見滿屋子雪白，上上下下像是安了墊子……他在電影裡看過，像是精神病院隔離病患的病房。

但可大多了！大得宛如一個足球場……

這片雪白中，一個蜷縮的金黃影子發出如雷鳴般的聲音，「吵死了！不是告訴你們我要安靜的等死嗎?!難道要逼我生氣起來，讓整個半島沉到海裡，永遠再也吵不了嗎?!」

麒麟再也忍耐不住，猛然跳出去，「潑泥鰍！妳給我裝什麼死?!」

看到麒麟，那道金黃影子昂起上半身，詭麗的眸子倒豎著憤怒的火光，「潑猢猻，輪得到妳大口傷吾?!」

只見她有張美豔絕倫的少女臉孔，額上卻長著一對龍角。裸著雪白的上身，下半身卻是蜿蜒的蛇體，覆蓋著龍鱗。雙手長著極長的指爪，透明如水晶磨就。

這樣奇異的生物，卻龐大的塞滿了半個宛如足球場的房間，憤怒時口鼻都冒出青色的火焰。

麒麟掣出鐵棒，龍女發出低吼，眼見一觸即發……

吳先生抹了抹額上的汗，「兩位小姐，請冷靜一點。」

原本怒氣勃發的龍女望了望麒麟，突然氣餒的躺下來。「算了，跟妳打了二、三十年，有什麼意思？妳不是很想收服我？依我的個性，不是能讓人收的。妳就容我在這兒等死會怎樣？」

「每五年就來『說服』妳一次，坦白說，我也煩了……」麒麟卻火大起來，「妳是怎麼樣？孵化了上百年，早該破殼而出，上天成龍了！眷戀香港這個小小的彈丸之地做什麼?!」

「你們這些人類吵完了沒有?!」龍女又噴出純青的火苗，「這彈丸之地可是我的蛋殼，我無法孵育是誰的錯?!容你們這些人類在我蛋殼上敲敲打打蓋城市，是我好心收容你們欸！你們把我的好心當什麼？不是蓋高鐵，就是蓋機場，擾得我晝夜不能安身！蓋也就蓋吧，蓋都蓋好了，日也吵夜也吵，是要吵到什麼時候？」

她越說越氣，尾巴猛然一甩，震得整棟大樓搖晃起來，「妳不知道我這樣嬌弱，受不起折磨嗎？」

麒麟瞪著這條死賴著不肯孵化的龍女，火氣越揚越高。最好妳嬌弱啦，妳若嬌弱，那我就溫柔善良、愛好和平了啦。

「吵的是誰啊?!」麒麟暴跳起來，「每年天使都奉命來接妳，妳就要死賴在香港不走！不走妳就安分守己不好？這城市選多少管理者出來，妳就咒殺多少個！每五年就要大鬧一場，不是地震，就是想辦法要搞垮啟德機場。這下好啦，啟德機場也關閉了，妳還有哪些不足？妳到底在人間，拜託妳也依足人間規矩！我敬妳是自然精靈，不甘願也守護一方。走也不願走，留也不乖乖留，妳到底是……」

「為什麼我要走！」龍女又一擺尾，震得明峰差點站不住，「這塊土地可不是人間物，是我的蛋殼欸！我都想乖乖等死了，妳吵什麼？滾滾滾！耀強，把她給我趕走！讓我安心等死又會怎麼樣？我再也不想看到妳的猴臉了！」

「我好喜歡看妳這條潑泥鰍嗎？」麒麟也怒了，「說服妳五十年，妳給我等死！若不是伏羲氏剩沒幾個了，我乾脆給妳一棒歸西算了！香港的地氣和精神和妳息息相關，妳若頹靡了，這城市也要成了死城了。妳要麼就乖乖回天，讓城市選個管理者出來維持；要麼就使出妳那泥鰍潑性，死賴著吧。等什麼死？好讓倒楣的香港政府養妳一萬年嗎？」

「妳這潑猴就是不讓我安生就對了！」龍女再也忍耐不住，「這可是妳逼我的！」

「妳們就不能冷靜一點嗎?!」吳先生氣急敗壞的，「天啊……結界啊，快把結界張起來啊！」他衝出去要工作人員趕緊布結界，倒是讓明峰傻了眼。

他頭回看到結界還可以用科學儀器布置呢……果然是萬象之都。

「我們到巽位去。」英俊好心的咬著明峰的衣服，「那兒屬風。她們一雷一火，我們還是躲遠點好……」

他們蹲在安全的地方，看著魔龍蝶斯拉大戰哥吉拉……不是不是，龍女大戰甄麒麟。只覺得目眩神移，火光四耀，比什麼電影特效都好看。

「好像欠包爆米花。」明峰喃喃自語，沒想到蕙娘貼心的送上爆米花和可樂。他直了眼，「……謝謝。」他接過來和英俊一起吃，「蕙娘不去幫忙？」

「哎呀，這是例行公事，每五年都要打這一場。」蕙娘笑咪咪的，「麒麟嘴巴凶，心裡還是很憐愛這隻小龍女。不然怎麼容得她傷生還在香港這些年呢？」

「憐愛？」明峰嚥下爆米花。

「這小龍女也是嘴硬。總是說臥榻之側不容其他妖魔安眠。這彈丸之地可是鬼門之一，若不是她坐鎮，早就成為鬼城了。」蕙娘望著打成一團的龍女，眼光很是溫柔，「其實，萬般怨言，她終究還是寶愛這個地方的……」

明峰望了過去，正好看到龍女倒豎而詭麗的眼睛。他突然出神，像是被吸引了進去……

宛如身在龍女心中，能夠看到她的回憶和心思。

被父母遺忘的孤卵，寂寞的在這海岸，等待孵化的一天。一天天，一年年，不知道多久的歲月，環繞著她的卵，孕育出光亮的東方之珠。

在還是荒涼的小漁村時，她就常常從漫長的睡眠中出神幻化，懷著一種寂寞又有趣的心情看著這些小小的生物。沒有族人，也沒有父母，跟她最親近的是這些小小的人類。

基於一種好奇和憐憫，她分給這塊長年缺水的土地一點生氣。這點生氣讓這片土地突然繁華起來，人口越來越多，越來越熱鬧。她容忍人類在她的土地上建成城市，容忍人類在她的土地上繁衍生息。

但是人類越來越多，越來越吵，她嬌弱的耳朵越來越受不了這樣的噪音。尤其是機場……那個該死的機場，就在她安眠的地方。日日夜夜攪擾不安，她終於發起火性，抓起飛機撞在山壁上……

那瞬間，她的確高興的狂笑。但是接著的慘嚎，之後人類巨大的哀傷，卻讓她害怕、傷心。

麒麟來阻止她的時候，其實她是鬆口氣的。她可以把自己的不滿拚命宣洩，宣洩完了……也不會傷害到她其實很喜歡的人類。

但是她真的受不了這種吵……總是要拚命忍耐，拚命忍耐。假裝她讓麒麟的符鎮壓了，等著麒麟再來跟她打一場，讓她把所有的暴力都發洩完畢。

但是這個城市不要她。從她蛋殼上繁衍出來的城市不要她。這該死的城市一次次的選出人類當管理者，她殺死一個，這城市又選出一個……沒完沒了。

是我成就了「妳」，是我的生氣孕育了「妳」。為什麼這魔性都市卻不要我……為什麼？縱使我引出天災人禍，也是因為受不了這種吵……我不想回天也不想孵化，我只想在這片土地下安靜沉眠，觀看人間憂喜……

為什麼容不得我一點任性？

明峰突然流下眼淚。這在這瞬間，他突然了解了自然精靈的心。心苗上突然湧出句子、歌聲，那樣自然，那樣的順理成章……

「稀微的風中，珠淚飄落寒冷異鄉……

舉頭望，山河的面容，恩恩怨怨蒼天無量……」

他突然站起來，對著龍女唱歌。那聲音是那樣嘹亮，在整個足球場大的房間裡無限盤旋。

龍女不知道他在唱什麼……但是這個小小的人類，卻發出一種聲音，一種了解的聲音，讓她住了手，只是呆呆望著他。

麒麟也愣住了，「蕙娘快來，我們幫他做個左輔右弼！」守在明峰身邊護法。

「……烏啼的時，血影濺紅天邊……

劍鞘隨風飛，心酸一如枯葉落地，

不願說，孤傲的情話……

穿著戰袍狂妄的花。」

龍女也不知道自己為什麼臉紅。雖然是聽不懂的歌詞……

「星月暗暝，刀光閃爍哀悲。

身迷離聲憤慨，賊寇敢來！
嘆運命放肆，壯志滿懷！
稀微的風中，髮絲交纏蒼白的霜。
怎能忘，世恨的凌辱，了然一生又有何用。
待天明露水已去，尋我行蹤。」※

等他唱完，偌大的房間靜悄悄的，沒人說話。龍女含著淚，蜿蜒到明峰身邊，突然將身形縮小，還比明峰矮一個頭。

她捧著明峰的臉蛋看好久，突然吻了他。

明峰大約嚇得每根頭髮都站起來了，這純潔的一吻卻像是通了電，讓他全身都發麻。現在是……？現在是什麼情形？

「謝謝你美麗的歌聲。」她滿足的抱了抱明峰，「等我孵化，就去追隨你。在那之前，我會守護這個和你初相遇的地方……」她滿臉平和，安靜的消失了。找到可以歸屬的人，她很滿足的蜷伏在深深地下的卵中，等待孵化。

欸？喂喂喂！誰來告訴他，現在是什麼情形啊?!

「我剛才做了什麼？我剛剛做了什麼啊啊啊啊～」明峰歇斯底里的叫著。

「小老弟，真有一套。」吳先生欣慰的拍拍他的肩膀。

「你剛用布袋戲的主題曲收服了自然精靈。」麒麟更欣慰的拍拍他的背，「所謂青出於藍而勝於藍，果然是我麒麟得意的弟子。沒錯！所謂的咒根本不用拾前人牙慧，乃是發自內心湧出。你果然精進了！我法力再深，也不敵異性相吸的道理……」

……不會吧？「妳是在唬弄我對不對？」他帶著哭聲。

「哎，你怎麼可以不相信師父呢。」麒麟搖了搖手指，「而且唱到龍女願意委身給你呢，真是豔福不淺。」

「什麼？」

「只是你以後恐怕沒辦法交女朋友了。」蕙娘比較有良心，安慰的摸摸他的頭，「伏羲族的女性醋意都有點大……」

※台灣首部布袋戲電影「聖石傳說」主題曲「稀微的風中」。由伍佰作詞、作曲、主唱。

「什麼?!」

「沒關係，」英俊用翅膀拍拍明峰，「主人，你還有我。你若需要女朋友，我可以變化成女生的樣子給你過過癮。」

……你這九頭鳥羞什麼羞啊?!

我用布袋戲收服了一隻要嫁給我的龍女……天啊～

「讓我躲回紅十字會吧～」明峰抓著頭髮，「我回去當掃廁所的好了～」

*　*　*

「那是我的初吻啊～」坐在飛機上的明峰突然發出慘叫，乘客都轉頭過來瞪著他，只有麒麟鎮定的玩著俄羅斯方塊。

「初吻？你會不會想太多？」麒麟懶洋洋的，「你的初吻不知道是爸爸還是媽媽，也可能是某個阿姨姑姑，在你還是小孩的時候，早就被奪走了。」

「……那種意義不一樣吧？」

「那你也犯不著哭啊！」麒麟不耐煩，「去去，英俊，變成女生讓他親一下……喂！你幹嘛臉紅啊？」

英俊九個鳥頭都通紅了，「人家……人家……人家還沒有經驗……」

她怎麼會收了這樣的徒弟，這樣的徒弟怎麼又會收了這樣的式神。

「我不甘願啊，」明峰含著眼淚握拳，「我連女朋友都還沒有交，居然初吻是隻龍女！天啊！我人生最美好的回憶啊～」

「……那我吻你？」麒麟沒好氣的抬頭，發現明峰摀著嘴，驚恐萬分的縮在椅角，盡量和她拉開距離。

「喂，我這樣豔麗無雙的美女要親你，你這是什麼態度啊？」麒麟不爽了。

「妳算女人嗎?!妳只有那張皮像女人！不要玷污我！」明峰都快發歇斯底里了。

「……你到底是強還是弱啊？」麒麟罵了起來，「一個修道人，我執這麼深……卻可以領悟咒的真正涵意。卻會為了嘴皮子碰一下這種鳥事又吵又哭，我到底是收了什麼弟子呀……」

「什麼是咒的真正涵意？」明峰呆了呆。

「不然你以為『咒』是什麼？」麒麟沒好氣的拎起俄羅斯方塊，「死背一些前人牙慧就是咒？真正的咒，乃是發自內心深處，自然湧現的字句。語言的確是強而有力的媒介……但也只是媒介而已。所謂真言，所謂咒，除了自己所創的，其實是沒有效果的。」

什麼？明峰呆了呆，「妳胡說。我也可以使用許多家傳禁咒啊（沒有臨陣忘光的話）！那些咒明明就……」

「你知道為什麼稻田裡面要擺稻草人？這些年還擺了閃亮的飄旗？」

我在說什麼，妳在說什麼啊……

「那是為了讓飛鳥以為田裡有人，或者有天敵在。」麒麟豎起食指，「妖魔和動物很類似。或許他們未曾親身經歷過恐怖，卻可以將這種本能一代代遺傳下去。之所以使用別人的咒可以驅妖除魔，就是利用妖魔本能遺傳的恐懼。再說，當你使用咒的時候，因為對咒的本身有著無窮的信心，並且認同了咒可發揮的效果，這才真的能夠引發你的能力……」

「……但是我並不認同那些動漫畫的台詞啊！」明峰吼了出來。

「那是你不了解自己。」麒麟打了個呵欠，這小徒真是笨到一個程度……「嘴裡說不要，身體倒是挺老實的反應。」

「……妳是在唬弄我對不對？妳不要老是拿《陰陽師》唬弄我！」

真吵欸。麒麟扁眼看了他一會兒，突然邪惡的一笑，然後吻了他。

果然如她所料，明峰整個僵硬住。就保持同樣的姿勢，石化了將近五分鐘。然後突然跳起來，含著眼淚衝進洗手間。

「我的第二個初吻啊～」發出這樣的慘叫。

哎，修道人六根清淨，嘴皮子碰一下又怎麼樣？她這個小徒，要學的還很多呢。

明峰在洗手間洗了又洗，越洗越悲傷。為什麼他要跟這樣亂七八糟的師父……

「讓我回紅十字會去吧……掃門口也可以啦！」

四、青春之妖

明峰繃著臉跟在麒麟背後出了機場，這個沿岸的大都會鄰近香港，正展現他富庶雍容的一面，氣派的豪華機場絕不遜於其他國際都市。

但是他卻沒看到這風流富貴的景象，只覺得眼前一片黑暗，鑽進一股甜味。非常甜的味道……卻甜到令人作噁。

只有一瞬間的黑暗。很快的，人聲、陽光、形影都出現了，他都懷疑只是光影的變化……但是那股甜膩的味道卻驅之不去。

「我想吃肉。」跟在他旁邊的蕙娘臉色慘白，不斷的發抖，突然吐出這句話。

吃肉？雖然蕙娘不避葷食，但是向來吃得清淡。相處經年，這是第一次，她要求吃肉。

「蕙娘？」他趕緊攙住，「妳不舒服嗎？」

蕙娘卻將他一推，倒在麒麟的懷裡顫抖不已，「……主人，我得吃些肉……」

麒麟將她抱在懷裡，快步出了機場。明峰不明就裡，「欸！麒麟！我們的行李……」

「放心，會有人幫我們送去。」麒麟扶抱著痛苦的蕙娘，「快來。紅十字會的人來接了。」

來接的人聲音爽利，是個美貌的少女，「哎哎，久仰大名！禁咒師，咱們等您好久了！希望有機會跟您學習學習……」

「先幫我準備肉。」她扶著蕙娘跨進車內，「什麼肉都行，重點是一定要煮熟！就算煮得過熟也無所謂，絕對不能帶一點血漬，知道麼？」

啊？接待小姐有點摸不著頭緒，但還是拿起手機回去吩咐了。明峰跟著坐進車子裡，卻發現英俊有些心不在焉，神魂不守的樣子。

「怎麼了？」明峰摸了摸他的背。

「唔？唔唔唔……」他含混不清的應著，翅膀欲展不展，「我也不知道……只覺得這裡……很豐厚。」

豐厚？他想關上車窗，英俊卻阻止他，將九個頭探出去，好像很陶醉。

這個城市……是怎麼了？他有點迷惘。這味道和他知道的都城不一樣。同樣都是現代化、華麗繁複的城市……但是好像缺了什麼，一種很重要的，可是他也說不出來的東西……

接待小姐喋喋不休的介紹沿途的景觀，但是誰也沒聽進去。到了一處極氣派的公寓，金碧輝煌的像是大飯店。據說是某外商公司的高級職員宿舍，打開大門，起碼也有四十來坪，漂亮得宛如樣品屋。

「每天都會有女佣來打掃。」接待小姐笑得很甜、很熱切，「這段時間由我當您的嚮導兼助手。」

「小姐貴姓？」麒麟扶著蕙娘進來。

「我？我姓尤，尤小杏！」小杏很興奮，「這是我的名片，我一直很希望跟從您這樣偉大的老師……」

「呵。」麒麟皮笑肉不笑的，「尤小姐，我要的肉在哪？」

小杏呆了一下，有些狼狽的拿起電話撥到櫃台。等服務人員將整隻烤雞送過來的時候，麒麟胡亂的點了點頭，給了小費。

她轉頭對著小杏，「我五年收一次弟子。我的弟子就是我的助手。」她用下巴指了指抓著英俊進來的明峰，「我用不著其他助手，謝謝妳。」她關注的看著蕙娘發著抖，抓著整隻烤雞猛啃。

小杏有些厭惡的看了看蕙娘，眼神有著掩飾不住的失望。她被派遣來這個都市好幾年了……當初災難小組認定她才能不足，將她分發到這裡當內勤，她一直很忿忿不平。

如果可以跟隨禁咒師的話……若是可以成為麒麟的弟子……

看誰還敢說她才能不足！

深深吸了口氣。沒關係，聽說禁咒師要在這裡滯留十天。這十天，她還有的是機會可以討好大師。

「名片上面有我的手機號碼。」她歡快的說，「明天早上我再來接您。」

麒麟淡漠的看看她。「……尤小姐，青春沒有那麼重要。」

「啊？」小杏瞪大了眼睛。蕙娘卻突然拋下手裡的烤雞，鐵青著臉衝進洗手間，然後發出一陣陣嘔吐的聲音。

麒麟不欲多說，擺了擺手，「罷了，明天再講吧。蕙娘？蕙娘！撐著點……」連明峰都跟進去看，忙著遞水給蕙娘漱口。

一隻式神奴僕罷了……也太小題大作。小杏被這樣忽略，有些不愉快。但是為了將來的前途，她還是悄悄退下，關上了門。

吐完以後，蕙娘虛軟的靠在麒麟身上，「主子……我好難過。」

麒麟拍了拍她，將她抱到床上睡下。瞧了瞧她剛吃的烤雞，低低咒罵了一聲。

「是不是食物中毒？」明峰比麒麟還緊張，「要不要緊？該不該去看醫生？」

「有專治殭尸的醫生嗎？」麒麟沒好氣，「沒事……只是這烤雞沒熟。」吃殘的雞骨上還帶著血絲。

明峰迷惘了，「為什麼？為什麼蕙娘和英俊都怪怪的？這城市怎麼了？」

麒麟沒說話，憑空抓出一個約一尺長的羽毛。

……真的跟這些女人住久了，偏離世間的常軌越來越遠。明峰安慰自己，麒麟大約搶了小叮噹的四度空間袋。

「幸好舒祈送了我這個。」麒麟揚起羽毛，卻啪啦啦的跟著揚起一小股旋風。

「……這是啥？」明峰張大眼睛。

「鳳羽。或稱……」她閉上眼睛，神態莊嚴而優雅，「風羽。」

「玉帝有敕，神硯四方，金木水火土，雷風雷電神敕，輕磨霹靂電光轉，急急如律令！」

低沉像是附帶著強大電力的聲音，深深的引起聽者的共鳴。真要對麒麟刮目相看了……沒想到她也懂得這樣正統而規矩的咒！

（只是不知道為什麼，有種違和的熟悉感……）

「風華招來！」

她揮下那根風羽，狂暴的風呼嘯而出，像是穿透了每個人的身體，令人透不過氣來的窒息。卻只有一瞬間……莫名的壓力消失了。

空氣突然乾淨起來，那股甜膩得令人作噁的味道不見了，原本縮著發抖的蕙娘放鬆下來，英俊卻呆呆的僵了一會兒，從沙發背倒栽蔥的跌到地板上。

「欸？英俊？英俊！」明峰趕緊去把他提起來。

「別擔心……」麒麟又憑空收起那根風羽，「他只是突然到了生氣漫溢澎湃的地方，驟然抽去了所有不該有的生氣……」她看明峰滿眼迷惑，這該怎麼解釋好？搔了搔頭。「……你就當作他暫時性缺氧好了。」

「生氣？是人的生氣嗎？」明峰低低的問，「但是這個城市怎麼會有那麼多氣聚集？濃郁到簡直有妖味……」

麒麟托著腮，「……你感覺得到嗎？」

「有股甜膩的味道，很噁心。」明峰思索著如何形容，「但是聞進去卻有種鐵鏽的感覺湧上來……」

「很像血腥味吧。」

明峰猛然驚醒。對！味道不同，但是某種本質上來說，的確是血腥的氣息。

麒麟出神了一會兒，輕嘆一聲。「這個城市，沒有管理者。」

管理者？明峰愣了一下，仔細思索這個常常聽到的名詞。

「每個城市都有管理者嗎？」他提出長久以來的疑問。

「不。」麒麟沾了水，在大門畫著龍飛鳳舞的符，「不是每個城市都有，雖然每個城市都有其生命，但並不是每個城市都有『魔性』——或者你要稱呼為『神性』。」

她偏頭想了一下，「其實，魔性都市的本質比較類似『物妖』，日久成精的那種。有的因為位置、有的因為歲月，除了城市的生命以外，又演化成大妖……但這是很粗糙的解說。比起仙魔妖靈，『魔性都市』雖然由人所創，卻屬於自然的一部分。眾生法力再強，也沒辦法跟『自然』對抗……」

明峰聽得有點頭昏，似懂不懂的。「這裡，位置屬於藏風聚水之處，更是立都超過百年之久。為什麼會沒有管理者？難道跟香港一樣，龍女咒殺了所有的候選人？」

「呵。」麒麟忙完了，坐在窗台上看著絢麗的萬家燈火，宛如打翻了珠寶盒。

「不是這樣的……」她垂下眼簾，語氣充滿了感傷，「這城市來不及慢慢長大，強迫性的整容了。手段是這樣的粗暴，簡直像是大火凶狂後的灰燼上，硬整容出現代化的豔麗風貌。連都市的基本生命力都奄奄一息，怎能奢想她還能發展出魔性，甚至會自行選擇管理者呢？」

「揠苗助長是最壞的。」麒麟有些怏怏不樂，「尤其是城市。」

因為城市的力量不夠，所以沒有辦法鎮壓眾生嗎？他隨著麒麟的眼光望過去，覺得這樣燦爛的夜景雖然與都城相似，卻隱隱有種欲淚的悲傷。

痛楚的城市，橫溢的貪念和物欲……卻沒有秩序，無法管理。他想到在舒祈家裡作的「夢」，那個白紗染黃，依舊安穩豔笑的魔性天女姿容……

他似乎有點懂了。

「我餓了。」麒麟伸了個懶腰，「去做飯吧。我想冰箱應該有些菜可以作。」

「欸？我們不出去吃嗎？」明峰驚醒過來，「……不然應該可以叫外賣吧？」

「別折磨我的腸胃。」麒麟躺在沙發上，「香港到底是停留時間不多，所以才勉強吃外頭的食物。乖乖做飯去吧。」

明峰想抗議，躺在床上的蕙娘虛弱的張開眼睛，「我來吧，主子。妳得吃好一點……剛剛的咒耗了妳不少精氣……」

「我來我來，」怎麼可能看蕙娘病得要死還起床做飯，「我來作就好了。」

進入光潔亮麗的廚房，驟眼看真的非常現代化。一體成形的流理台，各種小家電都俱全。但是他打開冰箱……冰箱的燈居然不會亮。

是壞了嗎？但是蔬果等食物都放得好好的，冰箱也還是冷的，只是聲音有點大。

想要點起瓦斯爐……打不出火來。烤箱是壞的，一開水龍頭，沒多久，底下也開始淹水。

他這頓飯煮了快兩個鐘頭，但是麒麟居然沒有催促，只是闔著眼在沙發上睡著了。「麒……」

「且別喊她。」蕙娘推被坐起，挽了挽頭髮，臉孔慘白得可憐，「你且先去我包包的小袋裡拿酒出來。」

「……麒麟不是禁酒嗎？」

蕙娘勉強笑了笑，「現在禁不得了。之前她禁酒，怕飲醉誤事。世人只知好酒是壞事，卻不知道酒能淨魔祓妖。」每五年來一次祓災……這城市卻每況愈下。麒麟又耗了精氣硬把邪氣驅趕，這才累得力倦神疲，動彈不得。

「你勸她喝幾口，她才吃得下飯。」蕙娘感到一陣陣的虛軟，又和衣倒下。

找出了酒，麒麟聞到酒香醒了過來，「……嘖，我工作的時候是不碰酒的。」

「主子，」蕙娘顫聲的喚著，「您靈力不比以往了……且把原則放鬆放鬆，喝一點吧。不然您怎麼吃得下飯呢？」

「不到這種地步吧？」麒麟拿起筷子，卻一點食欲也沒有。剛剛果然太勉強，即使有風羽相助，她還是累得吃不下。這城市的邪氣真的太重了……硬要在裡頭清出可以呼吸的空間，對於現在的她，太勉強。

難道我該退休了？舊傷隱隱作痛，她心底有些惘然。

「嘖，想喝就喝啊。」明峰粗聲粗氣的倒酒，「別喝到肝指數亂飆就好啦！蕙娘要妳喝，妳就喝吧。」

麒麟瞪著酒，輕嘆一聲，喝了下去。疲憊的面容像是久枯的花兒逢了甘霖，漸漸的有了精神。

所有的邪氣都被逼了出來。

她滿足的呼出一口氣，揮手將香菸扔進垃圾桶。然後據案大嚼，跟以前似乎沒有什麼兩樣。

但是明峰知道，一切都跟以前不一樣了。

*　　*　　*

在這城市住了幾日，明峰覺得很奇怪。這個外表華麗的城市……卻只有外表而已。只要隱藏在外表之下的東西，幾乎壞掉的居多。連他打開衣櫥要掛衣服，都讓木刺扎了好幾下。

一種粗魯不重視內涵的華麗。

他照顧著生病的蕙娘和昏睡的英俊，麒麟每天早出晚歸，身上帶著檀香和甜膩的味道和滿身的疲憊回來。

明峰只知道麒麟在做祓災的準備。她會被邀請來這裡，就是為了祓除這都市的龐大妖禍。但是麒麟不准他去，他也只能乖乖聽命。

那位叫做小杏的小姐天天跟著麒麟進進出出。但是明峰卻很討厭她……說不出為什麼。

就在麒麟準備好的那一天，她囑咐明峰，「你千萬不要離開這棟大樓。畢竟你修為還淺……蕙娘和英俊都需要人照顧。」她輕嘆一聲，「這裡的問題很嚴重……等我處理完，我們馬上離開。」臨出門的時候，她惘然的頓了頓，「這是個人吃人的都市……」

還來不及問，麒麟已經出門了。

明峰發呆了一會兒，又把裡裡外外打掃一遍，順便把漏個不停的水龍頭修好了。

英俊終於醒了過來，撲翅飛到他的肩膀，「主人。」

「好點了嗎？」

「嗯……」英俊撒嬌的將九個鳥頭在明峰臉上磨蹭，「……我不喜歡這裡。」

「我聽麒麟說，這城市的人氣多到蔓延在空氣中，你光呼吸就可以過日子了。」

明峰摸了摸他的背，「為什麼還不喜歡。」

「我不喜歡骯髒。」英俊嘆氣，「混了很多髒兮兮的邪念……會讓我變得奇怪。」

門戶一響，英俊突然一跳，颼的一聲鑽進蕙娘的被窩發抖。

明峰回頭一看，是小杏。

「呃，麒麟不在。」明明知道她是人，但是他會產生碰到妖怪的自然反應……他暗暗把火符塞回袋子裡。

「我知道。」小杏垂下眼簾，「剛剛我送她去祭壇了……」她露出甜美的笑容，

「我想這段時間都跟麒麟大師忙進忙出，沒時間好好招呼你。明天你們就走了……」她提起一鍋保溫著的湯，「這是我親手作的。聽說你很會做菜，也幫我打個分數吧。」

打開鍋蓋，明峰聽到尖銳的哭叫聲。像是要撕裂耳膜一般……他嚇得往後一跳。

「怎麼了？只是餛飩湯而已啊？」小杏笑笑的靠過來，「吃吃看嘛，這餡兒可是我費心找來的，可以養顏美容喔。」

「……青春美麗有那麼重要嗎？」明峰抑止不住自己的顫抖，卻不是因為恐懼，「有重要到奪去嬰兒的生命嗎?!」

小杏變色了。「為什麼你會知道？麒麟知道也就罷了，你這樣一個沒有什麼法力的笨蛋……為什麼會知道？嬰兒又怎麼樣？人不是吃豬吃牛？同樣都是肉，同樣都是殺生，有什麼不一樣？想要永遠青春美麗錯了嗎？我又沒有殺他們！」

她一步步的走上前，每走一步，臉孔就發白一分，修剪整齊的指甲透根兒發黑，跟著竄長。

「大家都這樣吃，又不是只有我！更何況這是人家墮下來的胎兒……又不是我殺的！憑什麼因為我吃了這個，麒麟收你不收我？我會不如你這沒用的東西嗎？」她逼了過來，「你給我吃下去！吃了以後，我看麒麟還有什麼理由拒絕我！」十指烏黑箕張，撲了過來，明峰急急的一閃，卻重心不穩，仰面跌倒了。

小杏不懼還在冒煙的熱湯，從裡面撈了一個餛飩，騎在明峰身上，硬要塞進他嘴裡，「吃下去！你給我吃下去！」

明峰讓她掐得幾乎窒息，只能勉強將頭別到一邊去。驚覺她的力量大得驚人，居然推不開她。

正在難分難解的時候，小杏被蕙娘撞開。她不耐的將額上散亂的頭髮推了推，冷冷的說，「我從沒見過自找當殭尸的……這樣的青春永駐很有價值嗎？」

小杏怒吼一聲，一爪子抓過來，「我不是殭尸！」

蕙娘將明峰拖了開來，硬生生挨了她一爪，臉頰上淋漓的血痕，「妳瞧瞧自己的模樣吧。是不是殭尸，問妳自己就好了。」

「我不是……我不是……」小杏喃喃著，她抓起整鍋熱湯潑了下來，「妳才是！妳才是殭尸！」

蕙娘讓那鍋熱湯潑了，全身反而起了霜，僵硬了起來。這是她的罪業……她逃不開的罪業。這可怕的城市……將吃食這種東西當作時髦，蔓延著相同的罪業……

光聞到就受不了，不停的衝擊她，讓她乾渴飢餓，幾乎壓抑不住……但是她對著麒麟起過誓，起誓再也不吃人。誓願和罪業，還有這個城市的罪惡……讓她被束縛得動彈不得。

小杏露出狂喜，「我制服她了！我制服殭尸了！哈哈哈哈～」她發出狂笑衝了過來，抓住明峰，「吃下去！」那個餛飩在她手裡被揉成一團肉醬，「若這有罪，你也跟我承受相同的罪吧！吃下去！」

她突然讓九條蛇頸纏繞得動彈不得，狂怒之餘，她在英俊的蛇頸上亂抓，「放開我！你這醜陋的東西！」

「我不要！」英俊發著抖，咬著牙死撐，「我不會讓妳傷害我的主人！我死也不要放！」

明峰看著滿地的湯湯水水，僵硬的蕙娘，死命對抗的英俊……

他突然很厭惡，非常厭惡。厭惡這種將吃人看得理所當然的行為，厭惡自己無法保護自己親愛的家人。

（是的，他也將蕙娘和英俊看成自己的家人。）

厭惡這個為了青春的貪念，自甘成為殭尸的女人，厭惡這個充滿邪念的城市。他受不了了，再也受不了了……

「他媽的，妳給我滾——」

他衝口而出，這不成咒的「咒」卻挾帶了強大的力量，像是狂風般，將小杏臉上的皮膚片片刮起，她就宛如風化的枯葉，剝落而粉碎的消失了。

遠在最高的樓頂開壇祓災的麒麟和明峰的力量起了共鳴。像是無數生命力狂湧，她藉了這股怒氣，揮下風羽……瞬間掃蕩了整個城市的邪氣。

……她是收了一個奇異的弟子。

回到暫居的地方，明峰滿臉淚痕的看著她。這孩子跟她……其實是很辛苦的。

「你想回紅十字會嗎？」她累得往沙發一癱，「如果你想回去，我幫你說情看看……好歹也有圖書館員可以作。」

「不要！」明峰正在擦地板，「妳別想這樣就可以甩了我！」

氣。

＊　＊　＊

要離開這個城市的時候，明峰對著那台超豪華大型九人座休旅車倒抽了一口冷氣。

真是閃閃動人，潔淨光鮮又豔麗，只要是愛車人士都會忍不住眼睛為之一亮。實在他也覺得這樣的車很棒……

但是要他來開這輛龐然大物就不太棒了。

「……我只有台灣的駕照，沒有國際駕照。」他還在做垂死前的掙扎。

「我開也可以。」正在喝酒的麒麟薄醺的說。

「妳給我閉嘴！妳也想想自己的肝指數啊！」明峰對著她怒吼，「一大早喝酒……妳是不是女人啊妳?!」

「主子，妳也該為路上的行人著想。」蕙娘溫柔的勸著，「酒駕是不對的，還是我來吧。」

「……蕙娘會開車？」明峰的眼珠子差點掉出來。原來蕙娘不但會做菜，還會開車啊！真是個現代化的式神。

「會啊。」她笑咪咪的，「D檔打下去，車子自己就會走了呀。」

「我也會我也會！」英俊舉起右翅，「我也會開車喔！連方向盤都不用握……」

你要用什麼「握」方向盤？你這隻九頭鳥！「最好你喊『小黃』，車就會走了……」明峰臉上掛了幾條黑線。

「不是『小黃』啦，是『忍者』。」英俊豎起翅膀更正他。

「沒錯，而且要喊『ninja』！」麒麟精神大振的擠進來，「而且嘴巴要湊近方向盤喔！」

他們很快樂的討論《Taxi》這系列的電影，完全忘記旁邊絕望的明峰。蕙娘同情的拍拍明峰，「沒關係，我開好了。這車的確大了點……」

「……蕙娘和英俊一樣，都對周圍的人類下了暗示，誰也看不到你們吧？」明峰有種深沉的無力感。

「對呀。」蕙娘覺得他問得奇怪，「式神出現在人群中會引起騷動。」

……駕駛座沒人車子卻會動，這才真的會引起騷動吧?!

「不會呀。」蕙娘美麗的一笑,「通常我是晚上才開車的。」

……晚上駕駛座沒人車子卻會跑,這不更像幽靈人間嗎?!

「請你們有自覺一點……」明峰快要掉眼淚了,「你們好歹也要有點身在人間的自覺呀!」他幾乎是哀叫了,「為什麼非開車不可?大眾交通工具不好嗎?」

最少引起的都市怪談會比較少一點啊!!

「我不要再搭飛機了。」麒麟抱怨著,「飛機上的豬食是能吃嗎?」

「這是哪一國的理由啊?!」明峰怒吼起來。

「很正當的理由。」麒麟嚴肅的豎起食指,「你知道一個人壽算有限,一生能吃的飯有幾何?當然每一頓都該是美食,不然有違生在人世間的使命……」

「……請問您貴庚啊?」妳起碼也吃了幾十萬頓飯,需要計較到一兩餐嗎?

「年齡是女人的祕密。」她懶懶地爬上車,「蕙娘,妳袋子裡的茅台記得拿出來,別放在行李箱裡頭。」

「妳……」明峰無力的在閃亮亮的大車之前呈現「Orz」狀態,蕙娘和英俊都覺得他的背影有著深重的哀愁。

＊　＊　＊

沒想到，這只是災難的開端。

這輛豪華配備的休旅車實在是大部分人的夢想，不但有天窗，柔軟舒適的牛皮座椅，還裝置了全套的卡拉OK和DVD，甚至還有衛星電視。

不過，豪華的休旅車應該乘載優雅的乘客。但是這群人與非人跟優雅實在沒有什麼關係。

一上車，麒麟興致很好的坐在助手座，自任為點歌小姐。於是這一車簡直要吵翻過去，一路上又吼又唱，連車頂都為之震動。連穩重的蕙娘都跟著下去唱聲如裂帛的崑曲……吵到明峰要抓狂了。

「夠了吧？夠了沒啊～～」他一面緊張的看著電子地圖，一面對著喧鬧如幼稚園的乘客們怒吼，「拜託你們安靜點行不行?!喂！」

他一回頭，心臟病差點發作，「英俊！把你的九個腦袋縮回來～」慘叫還沒有完，腦袋伸出天窗外的英俊已經遭到低垂的招牌一記猛擊，軟軟的栽進車子裡。「你到底有沒有常識啊？」明峰快崩潰了，「頭手不要伸出車外都不懂？……麒麟！妳半個身子伸出窗外幹嘛？妳要幹嘛啊～」

「我想吐……唔……」

「我是造了什麼孽啊～」明峰慘叫著，急忙把車緊急靠在路邊，「要吐出去吐！」

麒麟望著明峰好一會兒，「你一停車我就不想吐了。你開車的技術真的很爛……」

……老天爺，你為什麼讓我認識這些非人……？這是不是天要亡我？

「通通不許吵了！」他大叫，「再繼續吵下去，我就把車開去撞黃河！」

「黃河離這兒還遠著呢……」喝醉又暈車的麒麟掛在車窗上。

「妳給我閉嘴！」明峰很凶的關上卡拉OK，順手塞了片DVD進去，「安靜看你們的卡通！」

這招倒是奏效了（這和幼稚園播放「天線寶寶」有異曲同工之妙），所有的乘客都安靜下來，擠著看卡通，沒人再大吵大鬧了。

明峰的耳朵終於有片刻的寧靜……只有動畫的對白斷斷續續地傳入他的耳朵。但對他來說，已經值得謝天謝地了。他終於可以專心看著地圖，開向下個目的地。

但是他卻聽到熟悉的對白。

「玉帝有敕，神硯四方，金木水火土，雷風雷電神敕，輕磨霹靂電光轉，急急如律令！」

眉清目秀的大眼男孩念出這樣的咒，非常有氣勢的揮下手勢……

「風華招來！」

龐大的休旅車發出刺耳的緊急煞車聲。明峰面白如紙的望著卡通……那是動畫《庫洛魔法使》裡頭小狼的對白……吧？

難怪當時他有種奇異的違和感啊啊啊～

「妳妳妳……妳為什麼又……」他氣得口齒不清。

「我？我怎樣？」麒麟開放了酒禁，正在喝第二瓶茅台，「唉呀，你不懂的通通都是咒啦……」

明峰疲倦的趴在方向盤上，久久不能動彈。

「讓我回紅十字會吧～」淒厲的叫聲劃破天際，「我甘願回去當園丁啊！」

麒麟灌著酒，目光飄向遠方，「一切都來不及了……」

五、生存在人世的眾生

按照美國的電影類型細分法中，有種roadmovie，就是所謂的公路電影。時代背景通常設定在二十世紀，車輛成為冒險探索的工具，主要是以路途反映人生。

當然啦，大螢幕上的千里奔馳，看起來很寫意。但是實際上……

明峰只覺得一整天開下來，他全身上下沒有一個地方不痠痛（開車緊張過度的緣故），喉嚨沙啞（吼出來的），兩腿發軟（坐太久），他嚴重懷疑為什麼有人可以忍受這種長途旅行。

「……我們改搭大眾交通工具好不好？」他已經沒力氣爬下駕駛座，即使安排好的住宿處似乎很舒適。

「不好。」麒麟喝了一天的酒，依舊精神奕奕，「我不吃飛機上的豬食。」

「……妳不是說我開車技術很爛嗎？」明峰連發脾氣的力氣都沒了。

「這也是一種修行啊。」麒麟長嘆一聲，「我時時刻刻不忘修行的。」她搖了搖空酒瓶，「不知道紅十字會有沒有安排一些酒啊……」

「妳先看看自己的肝指數啊！」明峰忍受不了了，追了上去，「別喝了！妳這死酒鬼！難道妳不知道……」

「你很煩呢。」麒麟火速在酒櫃搶過兩瓶酒，「你懂啥？酒是清淨之物，可以逼出體內邪氣欸！喝酒對我是很重要的事情……」

「飲酒過度會導致肝硬化，清淨個屁啊～」明峰跟她搶起酒瓶，「醫生說過妳不能再喝了……妳的肝啊！要不要掏出來看看？大概早就可以當石頭打死人了，硬邦邦！下次除妖扔妳的肝就好了……」

「唉，主子、明峰，不要吵了……」蕙娘在旁邊苦勸，「唉唉，你們吵了快一年，還吵不膩呀……」

只有英俊很聰明的沒捲入戰局，將行李從車上搬下來。他展目望望，倒是有點納罕。他們穿過了正常的道路，也在明峰半打瞌睡的時候穿過了冥道。

（真奇怪，這樣居然沒發現，他的主人果然是強者。）

他們幾乎穿過了半個大陸，來到北方的一個古都。他敬畏的抬頭，漫長的歷史在此留下深刻的印記，濃郁的像是伸手可以摸到過往的一切。

這就是古都。多少人類和眾生在這裡生活過，交織出多少悲歡。塵土飛揚，隱隱像是金霧。這種迷離的氣氛多少會有些妖氣。

但是這裡卻沒有那種妖氣。

這是很令人奇怪的。太乾淨了。英俊使勁嗅聞了一下，卻因為乾淨的黃塵打了個噴嚏，然後什麼味道都沒有。

「英俊，發什麼呆？」明峰喊著，「再不進來就把你關在外面了！」

九個鳥頭遲疑的往各個方向張望，他有些不安的跟進屋子裡。是，他沒有聞到妖氣，但是卻有種難以形容的……腥味。

卻不是令人不快的味道。反而有些懷念，有些模糊的依戀。

臨進門前，他瞥見了天空懸著渾圓的月，正緩緩的從地平線升起。

*　　　*　　　*

這次紅十字會配給他們一棟老洋房，頗為舒適。不過明峰很不想去問，為什麼冷氣機沒插電可以這麼冷……

反正冰箱有插電就好了。

一來是累，二來是醉，麒麟掃光全桌的菜以後，就呻吟著爬上床睡覺了。明峰雖然累到頭痛欲裂，不過還是去泡了個澡。

浴室很幽靜，有個大浴缸，推窗就是明亮的月色。一面泡澡，一面看著美麗的月，英俊被拎進來一起洗，很享受的半瞇著眼，趴在浴缸邊緣哼著聽不懂的小曲兒。

一切都是那麼安靜。

但是……月兒升到中天，最亮最圓的那一刻……他聽到了宛如浪潮般此起彼落的聲音。那是細微的輕呼，明峰突然僵住，他不知道看到什麼……還是沒看到什麼。

細細的聲音，在整個古都迴響。像是痛楚，又像是迷離的呼喚，整個古都宛如在月光構成的海底，一切都蕩漾了起來。

他呼吸著月光，望著月光的潮汐。奇異的氣味蔓延，他在充滿鹹味的風中驚愕著，不明白這種奇異的變化何來。

若不是英俊緩緩的沉入水底，發出溺水的聲音，明峰大約也不會驚醒。他慌張的把那隻九頭鳥撈出來，發現他泡了太久的熱水，居然泡到暈了。

那是什麼呢……？

明峰提著半熟的英俊，搞不清楚經歷了怎樣的神祕。

他不知道的是，這個奇異的月夜，莫名的死了一個男人。在這個月夜之前，也有相同的事故。

＊　＊　＊

「我們又不是警察。」明峰緊張兮兮的跟在麒麟身後，「我們來幹嘛?!」

「你沒看過死人？會怕？」麒麟睇了他一眼。

「我……」明峰一時語塞，「我可是上過大體解剖的！我怕？哼，笑話！」

說得這麼豪氣干雲……那不要臉孔慘白好不好？麒麟搖搖頭，穿過警戒線。那男人還僵臥在床上，嘴巴張到不能再張，嘴角居然還有些破裂，瞳孔突出，充滿了恐懼。

明峰倒退兩步，摀住嘴，「……垃圾桶在哪？」

在公安的竊笑聲中，他抱著垃圾桶大吐特吐。

麒麟連眼皮都沒抬，「死因？」

「看起來是心臟衰竭。」法醫模樣的年輕人遞了本報告。

「是嚇死的。」麒麟抱著胳臂一會兒，「這不是第一起吧？」

「……不是。」法醫將手伸入口袋，「連他在內，四起。」他憂鬱的看著死者，「聽說妳是紅十字會派來的？」

麒麟笑了笑，「是。」

法醫仔細看了她幾眼，「哦？這是妖怪幹下的命案？你們紅十字會除了這些怪力亂神還能說出什麼？」

「是不是妖怪我不知道。」麒麟將手覆在死者的眼睛上，然後移開，「但他不是無辜被殺的。」

「局長！」麒麟喊了起來，「讓我看看最近的檔案可以嗎？是……我知道……

呵，我也不會耽誤我的工作的……」

明峰抱著垃圾桶虛弱的說，「……我不是看到死人吐的。」

「我知道。」麒麟拍拍他，「其實我也滿想吐的。」她攤開手掌，「你看得到什麼？」

明峰瞪著她空空的掌心，兩眼一翻，昏倒了。麒麟將掌心握起來，把邪惡的回憶凝聚成一個黑色的丸子。

「我說啊，明峰……你也太敏感了。」

等明峰悠悠醒來，發現麒麟坐在他的床頭。一看到麒麟，他摀著嘴，神準的往垃圾桶吐。

「……有這麼嚴重嗎？」麒麟嘆了口氣。

其實已經沒東西可以吐了……他虛軟的擦擦嘴，「求求妳……離我遠一點吧……尤其是妳該死的右手！妳是摸過什麼髒東西……」他一陣反胃，「噁～」

「你對邪惡的記憶真的滿敏感的。」麒麟伸了伸懶腰，「你看到什麼？」

「……很多血。」明峰吐到頭痛，「刀子的反光……」其實他沒辦法分辨血肉模糊的景象，但是當中極度邪惡的妖氣卻讓他非常恐懼。像他這樣一個被妖異糾纏了一輩子的人，對這種惡氣特別的敏銳。

「我從他的眼睛裡，取出一些殘存的回憶。」麒麟將一大疊紙往桌上一扔，「我從局裡『借』了一些資料出來。這古都連同今天發現的死者，總共有四個。」

她潤澤如櫻的唇彎起一絲嘲諷的笑，「這四個幾乎沒有任何關連性。職業、年齡、交友範圍……所有警方能夠查詢的部分通通沒有交集。唯一共同的一點是，」麒麟豎起食指，「他們都是被嚇死的。我猜其他三個入土為安的傢伙眼睛，也可以汲取相同的罪惡。」

「……妳不願意稱他們為『人』。」明峰虛弱的躺在床上，狐疑地望著麒麟。

「太敏感會活不長喔！」麒麟轉頭，「剛我拜託舒祈幫我查，他們四個是相識的。他們在一個地下會員制的網站，可是重要的事業夥伴呢！」

「……拜託妳別告訴我是什麼『事業』。」明峰抱住頭，「我不想再想起小杏了！那簡直是……」

「太邪惡，對不對？」麒麟短促的笑了一下，「有需求就有供給。當追求青春美貌到了一個極限，成為一種流行，當墮下來的胎兒不足以供給所有市場時……這些供給者怎麼辦呢？當要求越來越高，越來越迷信珍稀……這些供給者怎麼辦呢？反正窮鄉僻野的人命不值錢。反正他們也渴求血淋淋的刺激不是嗎……？這種暴行會少嗎？不管古今中外都有類似的……」

「夠了！不要再說了！」明峰暴吼起來，「妳嚇壞蕙娘了。」

蕙娘慘白著臉孔，想要安撫明峰，一張口，眼淚卻滾下臉龐，「我、我並不是嚇壞……」她哭了起來。

她也曾經是……曾經是著魔的人。現在是渴望當人……卻永遠辦不到的魔。午夜夢迴，她常常讓劇烈的罪惡感折磨得痛哭不已。

一屋子靜悄悄的。英俊緊張的望望每個人，鑽進蕙娘的懷裡，安慰的用翅膀拍拍她。

或許是太沉重了，誰也沒有聽到樓下的敲門聲。法醫爬到二樓時，看到很奇異的光景。

他的眼神掠過哭泣的蕙娘和懷裡的九頭鳥，很快的飄忽開來，望著麒麟。

「假裝看不到就不存在？法醫先生？」心情不太好的麒麟開口就是譏諷。

法醫拿下金邊眼鏡擦了擦，重新戴回去。他眼光淡漠穩定，「子不語怪力亂神。」他瞟了一眼那疊厚厚的資料，「這些資料不能外流。」

「什麼資料？」麒麟彈了彈手指，那疊資料瞬間燃燒成灰燼，飛進垃圾桶，「哪有什麼資料？」

法醫望了她好一會兒，「我姓鄭，鄭復先。」伸手和麒麟握了握，「我有些疑惑想請教。或許我們可以交流一些情報。」

麒麟懶懶得坐下來，倒了兩杯白蘭地。

鄭法醫心平氣和的坐在她對面，「內地發生了兩起命案。都是孕婦，迷昏以後，被拿出胎兒，死因是大量出血。」他推了推眼鏡，「但是正確數字應該不只這兩起。」

麒麟靠在沙發上，大口大口灌著酒，什麼話也沒講。

「……對，我可以感應到。甚至我會夢見她們被埋在哪。不過入土為安，我不想去打擾她們的永眠。」他遲疑了一下，「但是三個月前的月圓之夜，古都發生了第一起活活嚇死的命案，這種事情就沒再發生了。」

「你想知道什麼？法醫先生。」麒麟打了個呵欠，「既然你選擇了不聽不聞不看來抵擋你的天賦……那你還想知道什麼？」

「我或許可以抵擋這種該死的能力……如果妳要稱為天賦的話。」鄭法醫定定的看著她，「但是我沒辦法抵擋好奇心的侵蝕。」

「關連性是一定有的。你的好奇很正確。」麒麟笑瞇了眼睛，像是惡意的貓咪，「如果你指望我去抓出背後的首腦……很抱歉，我來古都是到天壇祈天禳災，不是來抓凶手的。」

「……我以為紅十字會會插手這類的案件。」一直泰然自若的鄭法醫訝異起來。

「是會插手。」她完全同意，「但是我只管眾生侵害人間的案件。」

「但是那四個被嚇死的死者很明顯的是謀殺！」鄭法醫揚高了聲線，「還有那些無辜死去的孕婦……該死的邪惡流行！妳知道他們說得『胎盤』是什麼？這些骯髒的傢伙該下地獄去！美其名是『胎盤』，事實上是血淋淋的『胎兒』啊！他們靠烹吃這些胎兒當作養生美容的材料！這根本是……」

「讓你很憤怒吧？」麒麟聲音突然柔和下來，「回家去吧，鄭法醫。許多罪惡會突然銷聲匿跡，不是他們良知發現或者是逃過了制裁。這世界不斷的尋求平衡……人類比想像中更有潛力。」

她和鄭法醫的杯子輕敲了一下，「我跟你保證，這類的案子很快就會平息，你也會慢慢淡忘這一切。」她一飲而盡。

鄭法醫慢慢的喝下那杯白蘭地，眉間緊皺的愁紋漸漸鬆開，原本煩躁憤怒的心漸漸平靜下來。

「……妳知道什麼是『歐姆』嗎？」臨走前，他不經意的問了，「不知道為什麼，這兩個字會發出一種『嗡』的聲音。」

「……你從哪兒知道的？」麒麟臉孔變了變，旋即鎮定下來。

「我不知道。」鄭法醫有點不安的推推眼鏡，「我在夢醒之際，常常發現自己莫名的念著這兩個字。」

「那是無害的，反而對你有益。」麒麟笑了笑，「那會讓你長命百歲。」

的海底。

「是嗎？」鄭法醫站起來想走，卻覺得雙腳似乎不再踏在地面，深沉的沉入溫暖

他昏睡過去。

「妳……妳這樣算是犯罪吧？」，明峰忍不住開口，「『歐姆』，應該是瑜伽的口訣？」

「唷？你道術學得不怎麼樣，書倒是背得很熟啊。」麒麟猛灌白蘭地。

「喂！我道術學得不怎麼樣是誰害的啊?!」明峰氣得發抖，「還不是妳這個不像話的師父！妳再喝，再喝啊！等不到妳教我正統道術就駕鶴西歸了啦！」

「駕鶴是真的要駕鶴啦，但是西歸就不一定了……」麒麟好笑的托著腮，「你們幫我護個法。雖然那四隻禽獸死了就死了，但是我對背後的首腦很感興趣啊……」

「主子，不要做危險的事情！」蕙娘驚訝起來，「求求妳……」

「但是我管不住我的好奇心啊，」麒麟笑起來，頑皮而純真，「我還滿想去見見他的……」

她折了紙鶴，雙眼燦爛著精光，雙眉之間隱隱透著閃亮，白影一閃，紙鶴燃燒，她就保持著這姿勢沒有動彈。

「主子！」蕙娘嚇壞了，「妳千萬不要開玩笑……離魂不是好玩的啊！」

她當然知道離魂不是好玩的。麒麟想著，駕著燃燒的紙鶴，她飄忽於城市的空中，聽著這城市的共鳴。溫暖的血氣蔓延，整個古都的女人，都在睡夢中無意識的發出相同的聲音……

歐姆。

然後跟自己共鳴出「嗡」的驅邪之聲，一起引發全城的共鳴……和月經。

女人的力量很可怕也很巨大。每個女人，只要她能生育，就等於在身體潛藏了一個宇宙，可以孕育人類。

但是是誰將這些小宇宙串起來，讓她們一起產生強大的共鳴？一整城的女人，對著月亮產生巨大的驅邪之聲。

難怪這古都連一隻妖異都生存不下去。連披著人皮的人形惡魔都只能屈服於這股力量，在極度恐懼中身亡。

第五個死者出現了。被血海淹沒是很可怕的吧……事實上，這些雙手沾滿血腥的傢伙，是被淹死的。

她能不能救他呢？當然可以。但是她只救無辜的眾生，不救殘殺同類的妖異。就算他外表為人，是父母生養，她也沒辦法承認那些殘殺同類的傢伙是人類。

「哎，我真是個偏心的人哪。」麒麟聳了聳肩，「我還是只偏心於自己的同族……」然後追逐著溫暖的血潮而去。隨著嘩嘩的浪潮，她進入了夢境。

那是鄭法醫的夢境。

血潮如漏斗狀湧入，落入海裡卻變成透明清澈的海水。觸目皆是廣大的海洋，水藍而透明，天空乾淨得連一片雲都沒有，當然也沒有太陽、月亮，或星星。

就只是藍到鋼青色的天空，和透明水色的海洋。

在這片無盡的藍中，湧出一張臉孔，那是鄭法醫俊秀的臉龐，沒有戴眼鏡。全身都讓水藍包裹著。很奇妙的形態。

「原來是你棲息在此呀。」麒麟淡淡的一笑，「難得一見呢……妖異型態的夢魔。」

那張臉孔湧出一絲寂寞的笑容，「沒錯。我是妖異，而不是夢魔妖族。妳來了？」

「是呀，我遏止不住我的好奇。」麒麟乘在燃燒的紙鶴上，「你知道我會來？」

「這是必然的。沒有所謂的偶然，只有『必然』。」

「我們看法不太一樣。」麒麟隨著浪潮上下，小心的不被濺上水花，「一切都是偶然。所謂的必然，只是無數偶然碰撞的結果。」

夢魔笑了。

「我一直在等待妳……從無數的夢境裡。我可以看到所有女人的夢境，但是卻得不到妳的夢。」

「不是所有的。」麒麟提醒他，「你只看得到領域內的女人夢境。我並不在你的領域內。」

「妳此刻在我領域內。」

「但我未必真的是女人。」

他們互相凝視了一會兒。「在我的定義裡，妳是。」夢魔溫柔的說。

「在我的定義裡，我不算是人了。」麒麟笑咪咪，「人類是我的眷族。」

「呵。」夢魔輕笑，「妳為妳的眷族來討伐我嗎？」

「為什麼要？」麒麟反問，「就因為你讓女人們起共鳴？還是讓她們一起在月圓前後月經來潮？這是你的聰明之處，知道妖異吃什麼最安全。你的食物若是夢境，跟我的業務完全沒有關係。」

「……我殺了五個人，連同今晚。」夢魔的眼睛變成深藍，「這樣跟妳的業務也沒關係？」

「人？我沒看到五個人。我是看到五個披著人皮的妖魔活活嚇死。循規蹈矩的眾生，我願意保證他們在人世安全的生活……但是殺人吃人的妖魔不在我的保障範圍。為什麼我要為了五個壞孩子傷害你這樣善良的妖異呢？」

麒麟的瞳孔倒映著水光，「你不會傷害人類。因為這是你的領域，不容其他眾生傷害你的屬民。」

「但是我希望跟妳的業務有關呢。」夢魔的瞳孔深得宛如黑夜，「若我打敗妳，妳願意留下來嗎？很久以前……我就知道了妳，愛慕了妳……」

麒麟警覺的往上一飛，卻被夢魔的觸鬚纏住了腳踝，「我願意賭命試試看。在這寂寞之洋……我要試試看！」

掙開不了，卻又不想傷害他。這個用女人的夢境守護人間的妖異，讓她很不忍心。但是燃燒的紙鶴沾到海水，已經漸漸飛不起來了……

「妳的靈力弱了。」夢魔露出欣喜的微笑，「即使日日夜夜使用酒來清靜，妳還是越來越難抵擋邪氣的入侵……留在我這兒吧，這才是最安全的地方。」

「雖然弱了，還足夠殺你。」麒麟皺了眉，「放開我。」

「我願意試試看。」

難道我只能殺了他？但是這古都沒了他的守護，會變成什麼樣呢？他也是大道平衡的一部分。

正難取決時，無雲的天空突然發出令人耳聾的雷鳴，硬生生的被撕裂開來。人間的塵土味入侵，在天空的傷口展現了一部分的星空……和渾圓的月亮。

這是第一次，夢魔真正的看到月亮，不是透過任何人的夢境。

「你想對麒麟幹什麼?!」

氣急敗壞的明峰騎在九頭鳥身上，「我要代替月亮懲罰你！」一記重拳狠狠地打在夢魔的臉上，這是他出生以來第一次感受到疼痛。

真實的疼痛。

夢魔沉入海底。看著麒麟悲憫的望著他，抓著九頭鳥巨大的腳爪，送給他一個飛吻。然後從天空的裂縫飛出去……也痊癒了天之傷。

他戀愛了。

＊　＊　＊

麒麟元神歸竅的時候，被明峰足足念了一個多鐘頭。她得堵著耳朵才能勉強阻擋可怕的碎碎念攻擊。

「……我突然好想看《美少女戰士》。」麒麟望著蕙娘，「我們有帶嗎？」

「我在說什麼，妳在說什麼啊？」明峰快活活氣死了，「妳到底是……」

「還不都是你害的。」麒麟托著腮，橫躺在沙發上，鄭法醫還倒在另一張沙發上呼呼大睡，「要不是你的咒讓我想起來，我也不會突然想看呀！」

「我害的？我哪有……」明峰的聲音越來越小，臉孔越來越白。

他剛剛……是用了什麼咒救了麒麟？「不會吧？」他輕輕的喊了一聲……然後石化了。

「我們沒有帶欸。」蕙娘找了一會兒，「但是有地方可以下載喔，主子要看嗎？」

「當然要啊，我還要爆米花。」然後她和蕙娘、英俊，很快樂的吃著爆米花，看《美少女戰士》。

「我要代替月亮懲罰你！」畫面裡頭可愛的月野兔嗲聲嗲氣的喊了這句台詞。

……我越跟這些非人住在一起，越失去我身為道士的尊嚴啊～

他跪在地上很久，終於有氣無力的拎起電話。「喂？老師嗎？我能不能回紅十字會？沒有缺？只剩下幼稚班的保姆？跟現在這一群來說，真是小巫見大巫啊！沒關係……求求你，讓我回去吧！」

* * *

他跟了一個奇怪的主人。英俊看著明峰熟睡的臉，靜靜的思索著。

當麒麟元神出竅，怎麼叫都不會回應時，他的主人突然大怒，一把抓住他的脖子（之一），「你有辦法吧？你有辦法帶我去她那邊吧？」

有辦法？阿勒，他雖然是妖鳥姑獲，卻只能在現實中飛翔，沒辦法入侵夢境啊！

「所謂術業有專攻，這不是我的領域，我進不去夢境啊！」英俊氣急敗壞的大叫。

「夢境？你鬼扯啥啊！」明峰朝著他的鳥頭大叫，「這是他媽的障眼法啦！麒麟明明就還在這裡啊！」他指著鄭法醫的方向，「她快被幻境拖走了，趕緊救她啊！」

……什麼也看不到……主人，我這正統的妖怪啥也看不到，你怎麼……

「氣死我了，」明峰跳了起來，「大大大！你馬上變大讓我騎！不然我怎麼翺翔在幻境的海面上啊～」

這個我不會啊……英俊正想說，他卻覺得內心有股異樣的澎湃。我在延伸。他目瞪口呆的看著自己的變化……我在延伸、巨大。直到將半個客廳塞滿，將傢具都推擠到旁邊。

「撐著點，麒麟！」明峰對著虛無怒吼，「我馬上去救妳！」他翻身上了英俊的背。

然後奇怪的事情就發生了。

英俊在想，這說不定也是另一種夢境……他看到主人發狂似的舉起右手，朝天空莊嚴的祈禱：

「萬能的天神，請賜給我神奇的力量！」

憑空打了個霹靂，「神奇的力量」居然劈開了夢境與現實的邊境，將赤裸裸的夢境顯現在他們面前。

……這是騙人的吧？那種笑死人的咒語卻能役使正宗五雷法，這也就算了，他當妖怪幾百年來，第一次聽說五雷法可以敲破各界的邊境啊～

英俊瞠目看著屬於現實的明峰，居然可以駕著他飛翔在夢境之上，甚至可以毆打夢魔，把麒麟強行帶回來。

這根本不合理啊啊啊啊～

更不合理的是，就像明峰穿梭冥道毫不自知，他打破現實和夢境的邊境也一點感覺也沒有，好像一切都很合理……

其實這才是不合理中的不合理吧？

「你到底是誰啊……」英俊苦惱的抱住九個頭。

「他是人類。別懷疑。」冷不防的聽到這句，英俊嚇得跳起來，貼在床頭動也不敢動。

麒麟滿眼惺忪的站在房門口，「我餓了。」

「欸……」他緊張的東張西望，主人在睡覺，蕙娘被麒麟遣去準備明日祭天的儀式，先行打掃天壇。

雖然成為明峰的式神，但是單獨和偉大的禁咒師相處，他還是有點緊張的。

「呃……若是不嫌棄，我做飯給您吃好嗎？」他絞扭著雙翅。

「叫我麒麟就好啦，什麼『您』不『您』的……」麒麟發著牢騷，「隨便做些什麼都好，我很餓了。」

……她晚餐不是掃了三大盤的白酒蛤蜊義大利麵嗎？懷著不可思議的心情，英俊炒了一大盤炒飯，麒麟非常認真的吃了起來。他瞪著眼睛，看著那一大盤炒飯用光速的速度消失……

試探的送上一杯白酒。麒麟喝了一口，發出一聲滿足的輕呼。「你的手藝比明峰好很多呢，可以嫁人了。」

「呱？沒有沒有，」英俊慌張的搖著手，「我我我，我還沒修煉到有性別的年紀……」

「真的哦？姑獲鳥的性別要到長大才會改變？」

「嗯，」英俊有點扭捏，「要看我們愛上的是公的還是母的……」他熱血的握拳，「但是我找到願意侍奉終生的主人了！所有的兒女私情根本就不在我的考慮範圍之內！」

麒麟笑眯了眼睛，像是剛睡醒的貓咪，「你在想，你的主人是『什麼』吧？」

「呃……」英俊有點狼狽，「這個這個……他是什麼都不重要。但是我只是想多了解主人一些……」他害羞的拿起托盤遮住臉。

無疑的，等你長大一定是母的。麒麟無言的看了他一眼。她這個弟子的桃花怎麼都開在奇怪的地方？

麒麟輕咳一聲，「就算他能穿梭冥道，撕開現實和夢境的邊界，他也還是純正的人類。或許太純正了些，但的確是人類。」

「可是……」英俊指著明峰的房間。

「啊，其實人類除了壽命比較短，沉睡的能力不遜任何眾生呢！」麒麟搖晃著酒，杯裡倒映的月也跟著蕩漾，「只是人類拋棄了神祕，往理性的路上走去。不和神魔扯上關係，其實對人類比較好吧……」

她把酒端到窗台上，望著朦朧的月色。「你知道嗎？人類的血緣可說是噴火獸。」

「啊？噴火獸？」英俊糊塗起來，「妳是說人類可以噴火？」但是他在飛機上生活那麼久，沒看過任何人類噴火啊。

「不是啦！」麒麟笑了起來，「噴火獸據說擁有獅子、山羊，和龍的血統。純正的人類幾乎可以說是沒有了……人類血緣中或多或少會有神或魔的遺傳。但是在這種混雜中，反而會出現很稀奇的，只擁有人類血緣的純正人類──這或許是自然開的玩笑吧！」

「我的主人就是那種『真人』嗎？」英俊睜大眼睛。

麒麟喝著酒，笑而不答。

「……飛機有時候會有眾生搭乘。」英俊沉默了片刻，「他們在討論一個『真人』，是魔王和天帝都想要的義子。那個……」

「嘿嘿。」麒麟笑了兩聲，喝光了那杯酒，「我什麼也不知道。」

他望著麒麟好一會兒，「呃……麒麟大人，妳還想喝酒嗎？我現在也很想喝一杯。」

「整瓶拿來啦，一小杯一小杯的，多小家子氣。」

他倒了一杯自己喝，其他的都給麒麟了。麒麟喝了酒精神特別的好，拿出月琴，她開始唱著聽不懂卻異樣悅耳的歌，像是鳳凰的鳴叫。

月光在酒杯裡蕩漾，喝的時候，像是一口飲進了整個月夜。第一次喝酒……感覺真是好。

但是喝完那一杯……他倒了。全身高溫，像是一隻煮熟的鴨子。（九個腦袋的鴨子）

被吵醒的明峰扁著眼看著倒在地上的英俊，提起軟趴趴的九頭鳥。「……妳一定要教他這種喝酒的惡習嗎？妳看看他的樣子！天啊～拜託妳別再增加這世界上的酒鬼了……醒一醒啊！要不要緊？要不要喝點水？什麼不好學，學當酒鬼啊？」

英俊微微的張開眼睛，「主人……好溫柔喔……啾——」九個鳥頭湊了過來，吻了他一下（其實該算是九下吧），然後滿足的偎在他的頸窩。

明峰僵硬在當場，好久好久……

「我的第三個初吻啊～～」他的慘叫響透了整個洋樓。

六、當桃花亂開時，有一隻麒麟傷腦筋

「不對，」抱著大包小包的明峰突然停住腳步，臉孔煞白，「……一天的車程，怎麼可能從南方開到東邊的古都啊？我是開到哪裡去了？」他發出慘叫。

麒麟低頭選著冥紙，連眼睛都沒抬，只有蕙娘不安的張望，「明峰，聲音放低些，大家都在看你呢……」

「蕙娘，我、我我我……我是不是……」明峰全身沁出冷汗。

「啊？哈哈哈……你現在才發現嗎？」蕙娘安慰的拍拍他的肩膀，「無須持咒就能進入冥道，這可是了不起的才能呢。」

「對啊對啊。」英俊十八個眼睛閃亮亮，充滿了崇拜，「主人真是太了不起了。」

……我又肉身觀落陰，在毫無所覺的時候衝進冥道？難怪他覺得那條高速公路怪怪的，為什麼會有「血池交流道」、「奈何大橋」……他還在想大陸的地名好奇怪咧！

「我不要這種了不起啊～」他再次慘叫起來。

英俊很有同情心的用翅膀拍拍他，遞了條手帕。被一隻九頭鳥同情，他身為人類的立場到底是……

「好啦，別跪了。」麒麟嘆了口氣，「跪再久還是會觀落陰的……這包彩紙提著。」她把一大包彩紙放在明峰的背上，「快起來啦。大馬路上長跪不起，像什麼樣子啊？真搞不懂你是強還是弱，傷腦筋……」

「都是妳！」明峰終於找到力氣站起來，他眼眶含淚，「自從當了妳倒楣的弟子以後，這種該死的能力亂七八糟的越來越強！我要回紅十字會啦！我不要當妳什麼鬼弟子了！」

麒麟掏了掏耳朵，「是你自己說別想甩掉你的，既然你這麼有心……」

「難道我沒有後悔的權力嗎?!」

「嗯，你說對了。」麒麟拍拍他的臉頰，「是沒有。大丈夫一言既出，駟馬難追。」

「我不要當他媽的大丈夫！」

「你也可以去把裙子穿起來，化個妝什麼的。」麒麟很誠懇的建議，「我對女人通常比較容忍。你若有當女人的決心，我就送你回紅十字會。」

明峰瞪大眼睛看著她，不敢置信的，「……妳是在開玩笑對吧？」

「請看我真誠的眼睛。」麒麟認真的指了指自己的眼睛，「我看起來像是開玩笑嗎？」

「……我只覺得妳眼白很多。」明峰冒出青筋。

正在互相怒視的時候，一聲輕咳打擾了他們的對峙。鄭法醫有些困擾的站在這條古老的大街，望著他們。

「抱歉，似乎打擾了。」他脫下了白袍，穿著簡單的套頭毛衣和牛仔褲、球鞋。去除了那層專業的嚴肅，增添了幾許俊逸。他的目光還是飄過蕙娘和英俊，定定的望著麒麟。

然後就不開口了。

明峰感到很納悶。他後來聽麒麟解釋，那隻妖異夢魔棲息在鄭法醫的夢境裡。不過那隻夢魔和香港的龍女相類似，算是另一種形態的管理者，也沒什麼傷害。

只是，這個被夢魔當宿主的鄭法醫刻意跑來跟他們大眼瞪小眼就滿奇怪的（他應該什麼都不知道吧？）……更何況他提著麒麟瘋狂大採購的大包小包，雙臂快要殘廢了。

「鄭法醫有事嗎？」麒麟可以不開口，但是為了保全自己的雙臂，他沒辦法繼續沉默下去。

鄭法醫看看他，又看看麒麟，「你們兩個……算是情侶嗎？」

「你看我的眼睛像是瞎的嗎?!」麒麟和明峰一起吼了起來，指著眼睛的手指氣得發抖。

「他是我不肖的徒弟！」「她是我不像樣的師父！」兩個人又一起揮拳。

……需要這麼激動嗎？鄭法醫眨了眨眼睛，決定不去了解當中的糾葛。

「那很好。」他推了推眼鏡，「甄小姐，能邀請妳吃午餐嗎？」

麒麟古怪的打量他。讓夢魔寄生還活蹦亂跳，一點障礙也沒有，可見這個理性主義的鄭法醫是個了不起的人物。但是……邀請她？

這世界上只有兩種人敢出口邀請她。一個是對靈異一點感應都沒有的人類（從某種意義來說，是種奇特的強悍），另一種是很有自信，對「吃掉她」這回事相當有把握的眾生。

一般的人類只會對她懷著敬畏……然後敬而遠之。

「你是想找我約會嗎？」麒麟訝異了。

「是。」鄭法醫嘆了口氣，「我想以結婚為前提，跟妳談談交往的事情。」

麒麟瞪了他好久，明峰連嘴巴都合不起來。蕙娘呆呆的伸手，接住暈倒的英俊。

就算天崩地裂也不會產生這麼大的驚駭……

有人追麒麟欸！

「……我們走吧。」麒麟決定當作沒這回事，轉身就走。

「妳不考慮看看嗎？」鄭法醫追了上來。

麒麟深深的看他幾眼，「我會當你沒說過。」

「但是我已經在全聚德訂好位了。」鄭法醫靜靜的說。所謂知己知彼百戰百勝，他也是下過一番工夫的。

麒麟果然停下腳步，呆了呆。「全聚德早就失去古老的味道了，」她擺擺手，「我寧可回去吃蕙娘的菜……」

「我不是訂在店裡。」鄭法醫心平氣和，「我請全聚德的大廚來我家。他刻意請假在我家做菜。」

百年老店、大廚的私家菜！

麒麟站在原地，一陣陣強烈的天人交戰。

「而且，我準備了瀘州老窖。妳知道這款酒？瀘州老窖特曲始於明朝萬曆年間，距今已有四百多年歷史。素以『醇香濃郁，清冽甘爽，回味悠長，飲後尤香』的獨特風格，聞名於世……」

「夠了！要不要再說啦！」麒麟掩著耳朵大叫。

拿飲食來引誘女孩子……這種人非奸即盜！明峰突然感到很火大，「對！不要再說了！我最討厭這種人。麒麟，我們走吧……」

「嗯，我們走。」麒麟堅決的挽起鄭法醫的手臂，「一切都等吃過飯再說吧！」

明峰張大了嘴，等他們走遠了才找到自己的聲音。「……一頓飯就可以把妳騙走！妳到底有沒有女性的矜持啊～」

「沒有。」英俊很誠實的回答。他從來不覺得禁咒師有「矜持」這種東西。

「我去把她追回來。」明峰越想越不對，「就這樣跟他走？那傢伙身體裡棲息著夢魔欸！她怎麼可以……」

蕙娘拖著他，「不用替麒麟擔心啦！我們還有很多準備工作要做……」

「欸？不管她好嗎？喂，真的不管她好嗎……？」

＊　＊　＊

不管我真的好嗎？麒麟邊啃烤鴨邊想。

大廚放棄豪華的全鴨宴，改用樸素卻紮實的鴨四吃。北地特有的大蔥搭配特薄的麵餅，加上烤得恰到好處，黃酥酥、片得極薄的烤鴨片兒；潤滑可口的鴨油蛋羹，好吃到連舌頭都要吞下去；鴨絲菜極妙，但是冬瓜糟骨鴨湯更是鮮美，喝上一口……

幸福大約就是這樣的感覺。

當她掃完整桌菜，喝著瀘州老窖，她對鄭法醫的好感度大概破表了。尤其是道地的羊酪端上來當甜點時……

嗯，她覺得鄭法醫已經是她的生死之交了。

鄭法醫表面不動聲色，不過只吃得下一個鴨餅。老天爺在上……他從來沒見過這麼可怕的女人。不是說她吃相狼狽粗魯，相反的，即使據案大嚼她還是保持一種溫雅的風致；可怕的是食物消失的速度之快速，和那股拚命勁兒……

教人看了就飽了，誰還吃得下？

為什麼我會想要追她呢？鄭法醫心裡湧起深深的困惑。那天他莫名其妙的在麒麟住處睡著了……或許做了什麼夢，但是他忘記了。

醒來時，看到麒麟帶著兩個黑眼圈，拿著酒瓶在喝酒。

他不得不承認，麒麟是很美……但是他覺得豹也很美，卻不會想去撫摸那隻大貓的頭。麒麟的美帶種危險性，像是上面發著強烈警告的香氣，靠近點是會死人的。

不過，大家都知道罌粟花有毒，多少人卻甘願為了那株毒花而死。

很難說明什麼緣故……麒麟明明不是他喜歡的典型，他卻在告辭後，揮不去她的影子。他莫名的湧起一股渴望，渴望將麒麟留在他身邊。

折磨了幾天，他冷靜的思考，也冷靜的去打聽情報。雖然他對靈異抱持著敬而遠之的態度，但是基於他的家世和人脈，要摸清楚麒麟的底很容易。

雖然得到的情報……真的不多。甚至她的年齡也令人……不過修仙者本來就沒有年齡的問題。

要求她洗手作羹湯？不可能。不過他有三個佣人，還有園丁和司機（雖然是他老爸硬塞給他的），再請一個廚子不算什麼。她若喜歡，看要哪個飯店的大廚，點名就好了。

跟著她的那兩個妖怪朋友？如果她真的不肯分開，他的家起碼有也上百坪（也是他老爸塞給他的），看他們愛住哪就住哪，反正他也只用書房和臥室……別在他眼前晃就好了。

她的弟子問題比較大。都二十一世紀了，師生戀的禁忌根本跟紙一樣薄。萬一他們有私情……他實在不愛橫刀奪愛。

不過他們兩個都否認……要養她的弟子很簡單，不過添雙筷子。這些，都不算大問題。

最大的問題是——他為什麼會愛上麒麟呢？

托著腮，他困惑的看著這個大吃大喝的「少女」（非常資深的少女……）。

一方面，他很明白自己一點都不喜歡麒麟。另一方面，他又很想跟麒麟在一起。真是令人困惑的情感啊……

「還想吃些什麼嗎？」他溫文又客氣的問了。

「六分飽就好了。」麒麟給自己倒了一杯酒，滿足的喝了一口，「吃太多我怕傷口又裂了。」

看著滿桌淨空的盤子，她說只有六分飽。除了「……」，他還可以說什麼？

「我不喜歡拐彎抹角。」鄭法醫推了推眼鏡，「甄小姐，請妳答應我的求婚。」

吃飽的麒麟向來心情比較好，她露出一個燦爛的微笑。「啊，我拒絕。但還是謝謝你請我吃飯。」

意料中的答案。鄭法醫不得不承認，他鬆了口氣。只是不知道為什麼，有股莫名的失落緩緩升起……

「妳不考慮退休嗎？」他衝口而出，「我不會強行要求妳履行犬妻的義務，但我希望可以天天看見妳。如果妳想退休……我家還算是個可以休息養老的地方。」

「……這是你家？」麒麟大吃一驚。她還以為是古老宅院改建的公園咧！這位鄭法醫是出身於哪裡啊？

不過她很快地丟開了。塵世的繁華如朝花夕拾，她向來不放在心裡。阿拉伯的大公還跟她求過婚呢！庭園何止這裡的百倍奢華……雖然他的理由有點令人乾扁。

她只是名字叫做「麒麟」，可不真的是拿來鎮國的聖獸呀！

「我很忙，沒有空結婚。」麒麟很乾脆的拒絕了，「再說，你並不喜歡我。」

「妳看得出來？」鄭法醫訝異的摸了摸自己的臉龐。

麒麟站起來看了他一會兒，輕輕點了點他的胸口，「是你的夢境裡棲息了一隻夢魔。你只是被夢魔影響……並不是真的愛上了我。」

人類，真容易被夢影響啊。麒麟輕輕嘆了口氣。

「……我知道我的裡面棲息了奇怪的東西。」鄭法醫低頭，「但是我向來可以和他劃清界線的。」

麒麟搔了搔臉頰。論理，她可以不甩那隻夢魔；論情，她卻不由得同情他。愛上我？那跟想要撈起水裡的月亮一樣虛幻。麒麟幼年就開始持修，對情愛向來沒有興趣。修持到這個境界，更沒有可能了。

「我幫你一個忙。」她沾了沾酒，「但是也請你好好對待你的夢魔吧，別把他困得太深……」

她用酒在鄭法醫額上飛快的畫了一個符，結手印將符打進去。鄭法醫只覺得一股沁涼的酒氣在口中化開來……像是被徹底洗滌了一樣。

連深深夢境裡的夢魔都接到了帶著酒香的春雨。他知道，這是麒麟溫柔的回應。那春雨在他掌上凝成深藍的珠子，晶瑩而溫潤。

她拒絕了我，卻將溫柔留下來。夢魔想著。我是愛上了一個值得愛的女人。雖然遺憾，他卻緩緩閉上眼睛。

或許我繼續潛修，總有一天，可以到現實中，成為她的式神，忠實的服侍她吧……

「如果這是你的希望。」麒麟喃喃著，「我的夢境等待你棲息。好好修煉吧。」

鄭法醫望著她，眼睛裡充滿了驚異。這是夢吧？這是現實中異常的夢境吧？他感受得到夢魔，甚至可以「看」到他所「看」到的無邊夢海。

但是那股異樣的渴望卻平息下來。他的確，不再渴望著麒麟。

「謝謝你請我吃飯。」麒麟拍拍鄭法醫的頭，「希望你一切平安。」

她瀟灑不在乎的踱出庭園，陽光照著她閃亮的髮絲，隱隱有著光暈。

鄭法醫望著她的背影，心裡卻湧現一種異樣的滋味。

*　*　*

祭天是件大事。

在古老的年代，祭天得由天子進行，典禮莊嚴而神祕，由特殊的官吏主持，名為「天監」。而這份專業並不因改朝換代而改變，即使改換了朝代，歷朝的天子還是得遵照這些天監的指示，莊嚴的祭天。

唯有天監承認的天子才是「天子」。被天監拒絕的，往往會兵敗而功敗垂成。

而「天監」很神祕的超脫人世間的朝代，自成一個家族，受歷代統治者恭敬的禮遇著。

不過，時代不斷變遷。在這種時代，已經沒有「天子」了。因此五年一大祭的重責大任，轉委託給紅十字會選出適合的人選。紅十字會自然將這個燙手山芋……呃，咳，應該說是榮譽……交給禁咒師。

這也是麒麟例行的任務之一。

只是麒麟看到新任「天監」的時候，還是無言了五秒鐘。

「……鄭法醫，你在這兒做什麼？」身穿黃袍，頭戴冠冕，持著玉笏的麒麟有種莊嚴神聖之美，但是看到鄭法醫時差點破功。她無力地扶正歪一邊的冠冕。

「我是剛上任的天監。」他習慣性的推推眼鏡，卻忘記自己戴了隱形眼鏡，推了個空。

「……你是天監?!」麒麟更無力了，「天監不都天天在家沐浴薰香，夜觀星象，校正曆算……」簡單說，就是什麼也不做，「那法醫是……？」

「是我的私人興趣。」鄭法醫心平氣和。

……驗屍算是哪一國的私人興趣？天啊∼

「開壇吉時已至。」他口吻嚴肅起來，「請主祭登壇。」他直直的看著麒麟，完全忽略明峰的怒目。

跟在麒麟身後登上天壇，明峰咬牙切齒的低聲說，「我討厭那個小白臉法醫。」

「為啥？」天壇風很大，麒麟扶著搖搖欲墜的冠冕，「因為他沒請你吃烤鴨？」

「……我會為了這種原因討厭一個人嗎?!」明峰的青筋又浮出來了。

「我會欸。」

「別把我跟妳相提並論！」明峰的青筋跟著太陽穴一起跳動。

麒麟聳了聳肩，站在天壇上。明峰站在她身邊，連蕙娘都化為人形，一起當麒麟的左輔右弼。

月正中天，正好是午夜十二點整。日與夜的交替。

麒麟莊嚴的揚起手裡的玉笏，不知道什麼時候開始，天壇下的廣場排列了氣勢驚人的軍馬。人人都帶著面具，身穿盔甲，騎兵在前，步兵、弓箭手，皆羅列在前。

既無人囂，亦無馬喧，莊嚴肅穆到詭異恐怖的地步。

麒麟再揚玉笏，整個廣場上的官兵拿起長槍頓地，隱隱如雷鳴；三頓之後，弓箭手彈起無箭的弓弦，嗡嗡然如長風破空。

「天祭！」麒麟的聲音劃破虛無，「臨、兵、鬥、陣、皆、陳、列、在、前！」一聲整齊的威喝從廣場的眾官兵中響起，立即沉靜下來。

然後麒麟開始上奏章了。抑揚頓挫，非常好聽。只是她用的語言艱澀而難解，誰也聽不懂罷了。

明峰原本是懷著敬畏聽著麒麟的「奏章」，但是他越聽越不對——前面那截的確是文謅謅的文言文，後面那截卻變成……

「嘿～哪～啊啊啊啊～啊～

嘿～啊～～～～～～～～

嘿～喔～～～～～～～～

嘟嘟嘟～嘟嘟嘟～嘟嘟嘟～搭搭搭……

嘟嘟嘟～嘟嘟嘟～嘟嘟嘟～搭搭搭……」

這是啥？這是哪國語言？明峰拿著撫塵，嘴巴合不起來，有種不祥的熟悉感。

更不祥的是，麒麟開始跳舞了。她穿了那身莊嚴的黃袍，卻很詭異而妖嬈的開始扭腰了！

「都勒啦　馬加　兜北伐哩搭

酥魯睹比波嘎　啊加嘎咧也咧屁……

酥魯睹比波嘎　啊加嘎咧也咧屁……」

更糟糕的是，下面排列整齊的軍隊居然更配合的頓地的頓地、嗚弓的嗚弓，幫她打起節奏來了啊啊啊～

這個咕嚕咕嚕歌……為什麼他會這麼耳熟……？打死他也不相信這是祭天的奏章，他眼珠一轉，看到蕙娘微微顫抖……

不要跟我說她感動到哭。她明明是忍笑忍到內傷啊！

「蕙娘……」他低聲咬牙，「這真的是在祭天嗎？」

蕙娘垂下眼簾，咽了幾次口水才勉強開口：「……這是天帝指名的主題曲。」她忍得好辛苦。

主題曲？祭天怎麼會有什麼鬼主題曲……而且這個鬼主題曲為什麼這麼耳熟？

「……天啊！」明峰臉孔刷的慘白，「這是印度那個大叔的暢銷金曲……」

Daler Mehndi（達雷爾・馬哈帝）是孟加拉人，成名於印度。印度人都稱呼他是「孟加拉之王」（The King of Bengal）。

這首歌的原名為Tunak Tunak Tun（Tunak是印度的一種傳統敲擊樂器，引申出來表意該樂器的敲擊聲，Tun也是樂器的敲擊聲）。

這首動感單曲賣了一千多張，但這不是重點。真正的重點是，當蕙娘找到這支MV放出來的時候，他差點笑到撞到頭，英俊險些嗆死，蕙娘哭了（當然不是悲痛的眼淚），麒麟笑到奄奄一息……

（請參考https://youtu.be/vTIIMJ9tUc8你就明白威力何在……）

她，甄麒麟，居然把流行歌曲（還是印度的流行歌曲！）拿來祭中國的天！

「……為什麼？」他幾乎又要跪下去了。

「沒辦法，印度天界的帝釋天，和我們的天帝感情不太好。」蕙娘咬著唇努力忍耐，「天帝他老人家又很想聽……麒麟可是學很久呢！」

亂七八糟的神祇，亂七八糟的師父，難怪人間也是亂七八糟的……

「……讓我回紅十字會吧。」他現在覺得改宗天主教似乎是個不錯的主意，「我寧願改宗天主教從頭念書，救命啊～」

不過，因為天壇實在太高了，聲音飄不到壇下監祭的鄭法醫耳裡。他只看得到麒麟莊嚴肅穆的吟唱，和曼妙直達天聽的舞姿。

這是他見過最感動的祭天。

他也因此，愛上了那個祭天的少女。

＊　＊　＊

祭天結束了。

雖然很乾扁的跟著麒麟下來，心裡有著深深的丟臉，但是滿廣場整齊羅列的軍隊，那股豪邁的氣勢還是讓人頗感動。

這樣紀律森嚴的軍隊不多見了……

整隊默默的等候，沒人咳嗽亂動，連馬都沒嘶鳴。就這樣靜靜的等待麒麟的指示。

「隱藏著星星力量的鑰匙啊……」麒麟伸出纖白的雙手，「請在我面前展現你真實的面貌，與妳們締結契約的麒麟命令妳們，封印解除！」

軍隊臉上的面具像蠟一樣融化了，露出一張張皎潔美麗的臉蛋。

明峰倒抽一口氣，往後猛然一跳。她們不是……不是……不是姽嫿將軍林四娘女鬼軍團嗎?!

只見林四娘滿臉無奈，「……麒麟真人，就算妳不用《庫洛魔法使》的台詞，我們也是聽從詔令的。」

「這樣比較有戲劇效果。」這點麒麟是很堅持的，「妳們要依咒行事喔！」她豎起纖白的食指。

「……不能換一個嗎？」林四娘欲哭無淚，「我們比較喜歡傳統的咒。」

「妳們忘記曾經踩壞我的草地嗎？」麒麟沉下臉，「明明就說要聽我的話的。咒就是咒！有能力的人就算念卡通對白……」

「行了行了，知道了……」冥間最強的女鬼軍團攏著深沉的哀怨，「我們可以退下了嗎？」

被這種咒使喚……她們已經成為冥間的笑柄了。千不該萬不該，當初不該跟麒麟作對。難怪老前輩們談到麒麟就掩耳而逃，原來是怕這種恥辱……好生命苦啊！

「嗯嗯，車馬費我會讓蕙娘燒給妳們。」她很神氣的揮動玉笏，「**立刻變回你該有的樣子……林四娘軍團！**」

林四娘等臉孔一陣陣的發燒，幾乎是羞愧的沉入地下。

事實上，在旁邊看得明峰臉孔一陣陣的麻辣，也覺得滿羞愧的。

「……妳遣陰兵陪祭？」鄭法醫有些不敢相信。

「對啊。」麒麟眨著眼睛，「她們要的車馬費最少。」蕙娘已經賢慧的開始燒大堆的冥紙。

……需要這麼省嗎？他記得祭天的預算是很高的。

「其實，根本沒有祭天的必要吧？」鄭法醫瞅了她一會兒，「古都是很『乾淨』

的。」

「沒錯，古都很乾淨。」麒麟完全承認，「所以開壇祭天禳災根本沒有必要。有你在……或說有夢魔在，方圓百里內根本沒有邪氣可以生存。」

「那妳這是……？」

「古都奇怪的死了幾個人，不是嗎？」麒麟拆下冠冕，用寬大的袖子搧風。「人心浮動不安……這種不安的影子，才是危險的地方。我在天壇祭天，人心就會安穩下來。」

鄭法醫深深的看了她幾眼。這一刻，他深深的愛慕起這位瀟灑睿智的姑娘。

「妳的符，只能壓抑夢魔的熱情。」鄭法醫靠近一些，端詳著月下溫潤如玉的麒麟，「但是沒辦法壓抑我初生的愛苗。」

他抱住麒麟，突然吻了她……或者以為吻了她。

等鄭法醫睜開眼睛，發現妖鳥姑獲的大特寫。他剛好吻在英俊的某一個嘴上面。

普通人是受不了這種刺激的……吻在一隻九頭、猙獰的妖鳥嘴上，尤其是這麼大的怪物特寫。

他晃了兩晃，暈倒在地。

一起摔在地上的英俊看了看鄭法醫，又看了看偷天換日將他塞過去，一臉無辜的麒麟，和他心愛的主人……

「我的初吻哪～」九頭鳥尖銳的慘叫劃破天際。

明峰非常同情的拍拍他。

七、某些禁忌，不可碰觸

祭天結束，他們整理行囊準備離開。住不上半個月，不知道為什麼有這麼多行李……每次看蕙娘從車子的後行李箱又掏出什麼東西來，他都不想追究了。比方說，七十二吋的電漿電視是怎樣塞進那個小小的後行李箱……

這種疑問越探討只會越偏離人世間的常軌，明峰已經很聰明的避免去了解了。

但是手上這部笨重的桌上型主機突然爆炸，螢幕嗡的一聲開啟——當然，螢幕和主機的線早就拆光了，電源也在遙遠的牆壁上，沒有插上插頭。

這會不會太扯了一些？妳們這些「人」……就不能稍微遵守一下人世間的常軌嗎？

「……你們好歹也替路人想想！」明峰氣急敗壞的把主機和螢幕往屋裡搬，「這樣看起來像不像鬧鬼？這根本就只有鬼片才會出現這種恐怖的劇情！」

懶在沙發上的麒麟一骨碌的爬起來，倒讓明峰嚇了一大跳，她推開明峰，望著電腦螢幕發呆。這引起明峰的好奇心，他也跟著望著螢幕——

那是一封e-mail。

師尊在上：

無暇問候請見諒。徒兒接獲莉莉絲的簡訊，只言在秦皇陵遭難，之後訊息全無。百般探尋紅十字會，無奈該會堅不吐實，毫無結果。小徒惶恐之至，聽聞師尊已至古都。能否順探莉莉絲安危？小徒身有任務牽絆，恐延誤救援，萬望師尊搭救是幸。

徒俊英叩首再拜

莉莉絲是誰啊？明峰心裡浮出疑問。他倒是還記得俊英老師兄，那個很帥的、開著輕航機的老農夫……

欸？莉莉絲不正是那個自稱「鳳凰」的金髮美女大師姐嗎？

「秦皇陵？」麒麟語氣很輕，但是怒氣卻像暴風雪般漸漸濃重，「到底有沒有人把我的話當話啊！」

她憑空炸了一張火符，千萬里之外的紅十字會就遭了殃……特別災難處理小組的部長專線馬上炸得飛起來，傳來麒麟雷霆萬鈞的聲音：「部長！你別給我當烏龜！立刻拿起電話！」

一陣慌亂和奔走後，硬著頭皮，史密斯老師拿起電話。「呃，哈囉？」

「哈你的頭啊！」麒麟的聲音其實不大，但是隱含的恐怖卻令人想就地找掩護，「好的老師直接讓你笑嘻嘻，不好的老師讓你慘兮兮，就這麼簡單嘛！之前老師有沒有講？說千萬不可以摸秦皇陵？

不要摸！不要摸！不要摸！

結果你還是摸了，現在居然派我的徒兒去那裡，你們要怎麼對我交代啊?!

摸也就算了，還讓莉莉絲陷在那兒……

老師在講，你有沒有在聽？你沒有在聽嘛！

你不聽老師的話，你們還聘我當什麼鳥顧問啊?!」

麒麟越說越氣，又是一發火符炸下去。遙遠的部長專線乾脆粉碎了。

……史密斯老師可能不知道，但是這段「老師說」還真是流毒千古——連麒麟都學會了。

比較可怕的是，股市老師還只是扔筆，他們家的麒麟扔威力十足的火符。

史密斯老師哀怨的看了躲在椅子後面的部長，清了清嗓門，「親愛的，請妳冷靜一點……」

「誰是你親愛的！」麒麟憤怒的聲音從電話線冒了出來。

「這個這個……」史密斯老師吞了吞口水，「我們也不想呀！只是當局再三懇請，這到底也是他們重要的文化遺產嘛……」

「是他們送了大筆的錢叫你們想辦法把秦皇陵挖出來吧?!」麒麟的聲音幾乎要轉變成雷霆了。

史密斯求救似的望了望部長，只見部長乾脆鑽到桌子底下去……他幽怨的望了望天花板，無言的在胸口畫了十字默禱。

「不出聲音？你以為向上帝祈禱就會沒事嗎？」麒麟暴跳了，「今天你不給我交代清楚來龍去脈，我扔的就不會是火符而已！」

「……有人這樣說嗎？沒有嘛！」史密斯擦了擦額上的汗，「交代給莉莉絲，也是因為她是您得意的弟子呀！」

「她去探秦皇陵多久了？」

「呃……七天。」史密斯的聲音漸漸小下來，「我們也是盡力在救援，但是連大門都進不去呀……」

「她多久前沒有音訊?!」

「……兩天前。」

兩天……麒麟氣得發暈。這麼凶險的事情，居然不敢讓她知道？是不是要到發訃文才要讓她知道？

「不要再派任何雜魚進去了，知不知道？」麒麟開始罵各國髒話，很不幸的，史密斯都聽得懂。「要是莉莉絲有個三長兩短，你們就洗乾淨脖子等著吧！」麒麟又炸了一張火符收音，結果引起防災小組全體網路短路。

「主子，冷靜點。」蕙娘溫柔的勸著，「事情發生了，還是得解決呀！」

「我馬上要趕到秦皇陵去。」麒麟心煩意亂，「行李不用搬了，你們都待在這兒吧，我去就行了。」

「不行！」蕙娘雖然溫柔，臨危卻很堅決，「我不可能讓妳涉險，我是妳的式神呀！」

欸？蕙娘要去？他怎麼可能看著溫柔慈悲的蕙娘跟著麒麟去送死？麒麟是蟑螂命，蕙娘可是很柔弱的。

（喂喂，明峰，蕙娘是哪裡柔弱……？）

「蕙娘去，我當然也要去。」明峰豪氣干雲的站出來，「保護女性是男人的天職。」

啊？主人要去？英俊慌張了。他當然知道秦皇陵是什麼可怕的地方，但是為了他心愛的主人……刀山油鍋他都拚了。

「呱！主人去我當然也跟著去！」英俊緊緊抱著明峰的大腿不放。

「這不是去郊遊啊！」麒麟吼他們，「會沒命的你們知不知道？」

「不知道。」「又不一定會沒命。」「跟主人一起殉情是我的心願。」這三個幾乎是一起嚷起來。

麒麟突然很無力。不知道是教得不好還是教得太好……一個徒兒加上兩個式神，都有股麒麟式的賴皮和任性。

說服他們要花多少時間成本？莉莉絲不知道熬不熬得了那麼久……

「別說我沒警告你們。」她疲憊的爬上駕駛座。結果這三個不怕死的小傢伙歡呼一聲，通通擠了上來。

「請繫好安全帶，謝謝。」麒麟喃喃著，語氣有著掩飾不了的疲倦。

*　*　*

一抵達秦皇陵之前十里左右，麒麟把車停了下來。

幾乎是三個車門同時開啟，三個人（對不起，一人兩式神）一塊朝著外面的黃沙吐。

明峰頭昏眼花的抬起頭，只覺得眼前一片金星亂冒。他跪在黃沙上，有點感激能夠活著回到陽世。自己開車穿梭冥道沒什麼感覺，坐在麒麟車上穿過冥道……

哇靠！他從來不知道中國冥道的數量會這麼多，果然是世界數一數二人口超多的古文明大國……他更不知道種類和樣子會這麼多元化以及恐怖啊～

在冥道航行，兩邊車窗貼滿了好奇的往裡面張望的「阿飄」。普通看就已經很可怕了，怎麼禁得起阿飄把臉壓在玻璃上扁平看……

哇啊啊啊啊～這不僅僅是恐怖，而是爆笑加上恐怖會引起交感神經打架……真的太可怕了！

望著吐得軟綿綿的蕙娘和英俊，他滿眼同情。「……你們也會怕吧？」數量多到比西門町假日人潮還可怕，麒麟居然若無其事的輾過去，宛如摩西分開紅海。

「怕？」英俊呻吟一聲，「麒麟大人開車的確好可怕……」他抱著明峰哭了起來，「我以為會撞到刀山還是跌下奈何橋……」

蕙娘疲憊的跪坐在黃沙上，「……主人哪，妳開的是休旅車不是裝甲車，更不是賽車……有需要這樣橫衝直撞，宛如飛機低飛嗎？拜託以後讓我開吧……」

……人和妖怪暈車的理由居然這麼不同。

麒麟看著他們，有點無奈。「……我趕時間。」

反正都會暈車……明峰看著滿地黃沙，「不直接開進秦皇陵？」

「誰有那種本事開進去呀?!」麒麟吼著，「可以直接開進去我還需要這麼費事嗎？」

她脫掉皮大衣，只穿著緊身萊卡運動上衣，牛仔短褲、獵靴，腰上掛著兩個槍套，裡頭是兩把左輪手槍（大概是吧），背著一個登山背包。

這些打扮不算不尋常，真正不尋常的是——

她手上提著一挺M4R.I.S軍用卡賓槍，看起來像是準備去殺人不像是去除妖。

「妳……」明峰目瞪口呆，「妳這是……」

「威力掃蕩。」麒麟沉下臉，「老娘沒時間慢慢陪你們耗！」她槍口對著明峰……左邊一尺的濛濛黃沙瘋狂開槍，明峰提著英俊抱著蕙娘慌張走避。

「妳想殺我們嗎？天啊！妳以為亂開槍可以打出什麼……」明峰的聲音越來越小，眼睛幾乎凸出來。

黃沙發出痛吼聲，緩緩的從黃沙裡凝聚出一個巨大的土俑……搗著被打得像蜂窩的腦袋。

「開門讓我過去。」麒麟冷冷的把槍扛在肩上。

巨大如無敵鐵金剛的土俑發出驚天動地的怒吼聲（攻擊力和命中率同時上升），一掌拍向麒麟（範圍大約一部車的大小），麒麟是很輕巧的躲過去，但是在她身後的明峰卻像是躲不過了……

慘了！不能讓英俊和蕙娘受到傷害……他猛然回身要掩護，卻抱了個空，而可怕的災難也遲遲沒有落下……

他回頭，眼珠子差點掉下來。蕙娘恢復原身，皮膚泛著淡淡櫻花白，指爪墨黑如長夜；那隻九頭鳥，居然化身為少女模樣，說起來也相當可愛……

但是這個可愛的少女長了滿頭蜿蜒的蛇髮啊啊啊～

這兩個女性（？）同時抓住巨大土俑的手，平地給他一個過肩摔，讓他四平八穩的趴倒在地，引起強烈的地震。

接下來真是慘不忍睹……

「我家麒麟是讓你當蒼蠅拍的嗎?!」蕙娘的爪子變得無比巨大，抓破了土俑的臉和左眼。

「我的主人是你可以碰的嗎?!」英俊張開口，滿頭蛇髮怒張，尖銳的鳴叫以超音波形態打碎了土俑的胸口。

「叫你開門還跟我五四三啊?!」麒麟的槍管子冒出硝煙和子彈。

這根本是單方面屠殺嘛……那麼大的一隻土俑被這三個女人（？）打個半死，只能趴在地上抖抖抖的口吐白沫。

女人真的好可怕呀……Q_Q

明峰抱著腦袋，蒼白著臉孔回憶，到底有沒有得罪過她們（？）……

「知道錯了嗎？」麒麟氣勢凌人地拿著卡賓槍指著土俑的腦袋，「別以為李斯老頭的字醜我就看不出來……等我打爛了這個符文，你辛苦千年的道行也沒了！乖乖把門給我打開！」

「……妳，妳們這些女人怎麼這麼凶？」土俑淚眼汪汪，「我可是秦皇陵的守門人……妳怎麼跟那個黃毛的外國番女一樣，一過來就打人哪……」

「我管你是什麼鳥，」麒麟拉開保險，「讓你一命嗚呼再鞭屍也是可以的。」

「我開我開！」土俑馬上正跪，顧不得渾身痠痛，「我馬上開門……」

垂頭喪氣、淚眼汪汪的守門人，肚子突然像是門扉般打開。裡面漂蕩出一股深沉的塵土味道。

像是冥間的氣息。

他們魚貫的走入守門人的肚子裡，眼前出現寬廣的通道。牆壁上閃爍著拳頭大的「燈泡」，明峰好奇的湊過去看……卻發現一摸就會滾下來。

「沒見過夜明珠呀？」麒麟不耐煩的一把搶過，安回去。「別東張西望，小心腳下。」

沒錯。之所以秦皇陵到現在還開挖不出來，就是因為大門安放在黃沙凝聚的守門人身上。屬於自然精靈的土妖被安在土俑身體裡修煉，忠實的執行看守門口的命令。

這個會移動的門口，就是秦皇陵的第一道防線。

走下長長的甬道，他們意外到了一個廣闊的大廳。說廣闊，真不是蓋的。那種大，真的有點像是巨蛋體育館，可以同時容納好幾萬人的那種廣闊。

麒麟陰鬱的領著他們，默默的穿過大廳。到了正中間的時候……窸窸窣窣細微的鐵甲摩擦聲，悄悄的在他們身邊響起，湧現。

不知道什麼時候，他們讓數以萬計的兵馬俑包圍了。土黃色的外表漸漸轉換顏色，宛如重生復活。

無比的安靜籠罩著。只有夜明珠閃爍，反射著刀戟蒼白的銳光。

「別阻礙我。」麒麟拿起卡賓槍，「讓我過去。」

她的話像是炸彈一樣引爆了原本沉寂的兵馬俑軍團，一起發出整齊的殺聲，震耳欲聾地攻了過來。

麒麟、蕙娘和英俊站了三個方位，將明峰圈在裡頭，開始盡情廝殺。但是這些精魂被拘在兵馬俑裡的鬼兵根本不畏懼，打碎了馬上重組復合，怎麼殺也殺不完……

麒麟知道，有個核心或者陣眼指揮著他們的舉止。但是要怎麼從千軍萬馬中找到那個「核心」？這跟大海撈針沒兩樣。

如果有時間，她會很高興的慢慢超度這起鬼兵。但是她沒有時間。

「隱藏黑暗力量的鑰匙啊，」她舉起卡賓槍，「請在我面前展示你原有的力量。與妳們締結契約的麒麟命令妳們……」雲霧緩緩升起，魄力驚人地隱隱有雷鳴電躍，「封印解除！」

一片朦朧中，從冥道湧現黑馬紅騎，鐵青著臉孔卻妖嬈美麗的林四娘軍團出現在這孤寂千年的古墓中。

雖然被殘酷的拘束在陶製兵馬俑中，這些精魂可都是當年古秦朝精銳的勇猛少年將軍，多久沒看到美嬌娘了，一陣沉默後，有人忍不住吹了口哨。

「輕薄兒！」林四娘發怒了，「看不起我姽嫿軍團?!姊妹們，上！」

一場好殺！只見紅衣娘子軍殺入黑衣秦軍中，宛如鮮豔的雲霞染紅黑夜。只是抱著輕慢的秦軍，居然被這票勇悍無比的娘子軍硬殺出一條血路，還被電得慘兮兮。

惹熊惹虎，不要惹到恰查某。明峰深深地膽寒了。

女人，真的好可怕……T-T

「四娘，交給妳們行不行？」麒麟喚了一聲。

乾脆跳下馬扔了劍的林四娘正抓著某個倒楣秦朝將軍猛揍，「啊？我們看起來像是有問題嗎？」她迴腿踹得撲上來的小兵飛得大老遠。

……是我的教育方法有問題？麒麟摸了摸下巴。為什麼我的弟子和式神們都有相同的任性和暴力呢？同時看到這麼多「麒麟」……

她深深地思考起這個問題。

「妳們到底是誰啊?!」絕望的秦軍大叫，「為什麼妳們都跟那個黃毛暴力女一樣不分青紅皂白就揍人啊～」

唔，看起來莉莉絲不是在這裡栽跟斗的。

「交給妳們了。」麒麟穿過打得熱鬧滾滾的大廳，「我去下一站找莉莉絲。」

「放心……靠！色狼！」林四娘青筋浮起來，一個重心不穩的秦軍抱到她的胸部。「對不起就可以了事……那世界還需要警察嗎?!」她使出了巴掌六連擊，「你已經死了！」

……我的教育方式真的需要檢討一下。麒麟默默想著。

她穿過大廳，在古銅大門停了下來。明峰看她從背包掏出手榴彈時，臉色大變。

「麒麟妳冷靜一點……」

「我冷靜不下來。」她將沒有拔掉插稍的手榴彈按在青銅大門上。

「妳最少也跑遠一點扔！」麒麟抓著蕙娘和英俊往後跑。

「很安全的啦……」麒麟眼中精光大射，那個沒拔掉插稍的手榴彈猛然在她手下引爆。

驚天動地的大響之後，那兩扇擁有堅固咒力的青銅大門晃了兩晃，垮到另一邊去，轟然引起滿天的黃沙灰塵，讓明峰嗆咳不已。

麒麟手掌冒著煙，神情看起來很輕鬆，「我不是說過很安全嗎？」

……妳、妳真的是人類嗎？

這一刻，明峰意識到兩件事情。第一，他是麒麟這邊唯一的男性；第二，他不該跟來秦皇陵的。

跟來只是讓他感受到女性無窮的「潛力」和「爆炸力」。

「……我能不能回紅十字會？」他眼淚汪汪的問。

「啊？什麼？」麒麟轉過頭，手裡還握著另一個手榴彈，「你要幫我拿這個嗎？」她揚了揚手榴彈。

「……什麼都沒有。」

女人，真的是種恐怖的生物呀！

八、碰觸了禁忌，就要有覺悟

眼前是無盡的黑暗。

黑暗而冷寂，宛如噴出死亡氣息的墓穴。麒麟扣下板機，發出驚人的槍響，驚破了冰冷的沉默，發出來的火光居然沒有熄，在他們頭頂上宛如火鳥般飛舞盤旋。

明峰被槍聲嚇了一大跳，身後又有東西猛撲上來──他放聲尖叫，卻被麒麟瞪了一眼。

顫巍巍地往後一看……那隻該死的九頭鳥居然九個腦袋都是眼淚鼻涕，用翅膀抓著明峰的襯衫拚命發抖。

「做什麼嚇我？」明峰驚魂甫定的罵。

英俊可憐兮兮的抬起頭，「……我、我怕黑。」

明峰無言了好一會兒。怕黑？「妖怪怕什麼黑呀!?欸？」他把英俊從背上抓下來，那隻九頭鳥又害怕的緊抱著明峰的脖子不放。

不對吧？剛剛他不是化身為人嗎？「你剛剛不是變成……」他感到不可思議。

「那是戰鬥形態之一呀。」英俊可憐兮兮的說，「但是那個樣子好醜，我不喜歡……」

難道你覺得現在這個樣子比較好看？

「人類女生的樣子好怪，」英俊抱怨著，「只有一個腦袋，手和腳細得像是竹竿。」

「那麼，你覺得麒麟很醜？」

「怎麼可能？麒麟大人是很漂亮的。」英俊張大十八個眼睛，「你沒看到麒麟大人擁有這麼美麗高強的靈力嗎？」

……這倒是我的錯了。明峰默默的想。他不該用人類的審美觀扣在妖怪上面——妖怪自然有他們一套的審美觀。

「那我在你眼中應該也很怪吧？」

「……才不會！主人就算只有一個腦袋和竹竿手，我還是不會嫌棄主人的！就算你沒有優雅的蛇頸和出色的長嘴，對我來說，主人就是主人！我絕對不會因為主人的外貌而嫌你難看的！就算生不成雙，我也要跟主人死同墳！」

那還真是謝謝你呀……我、宋明峰，今年二十四歲，出生到現在沒交過任何女朋友。為什麼對我有好感的，不是妖怪就是想當吸血鬼的人類?!這是什麼命……

現在我的式神居然滿臉通紅的跟我講要與我同生共死，我是該哭還是該笑啊？

「我想要一個正常的女朋友，嗚……」明峰熱淚盈眶。

「呃，但是龍女把你訂下了呢。」蕙娘不知道怎麼安慰他，「從某個角度來說，她也算正常的……」嗯，很正常的伏羲氏女性，屬於神人的一族呢！

「主人主人，我也是很正常的妖怪啊！」英俊自告奮勇了。

麒麟瞥了他一眼，「照我的卦看來，你這輩子跟『正常』沒有緣分了。」

「……妳只會除妖，混充什麼算命師？」明峰不依了，他一定要對抗這種不幸的命運！「我要女朋友！我要正常的女朋友！」

寂靜的黑暗突然大放光明，讓所有的人眼睛都睜不開──等眼花過去，可以看到東西時……

只見車水馬龍，熙熙攘攘，根本就是……

根本就是都城嘛！

抬頭一看，「民生東路三段」。沒錯，這是都城呀！

「……我們回家了？」明峰呆呆的。

在行人道擺攤子賣可麗餅的可愛女孩笑了起來，「噗，你叫那麼大聲……那麼想要女朋友呀？」

她穿著可愛荷葉邊的圍裙，紮著乾淨俏麗的馬尾，滿臉甜甜的笑，不是說很漂亮，卻讓人打從心底覺得好舒服。

沒錯！他夢想中的可愛女朋友就該像這樣！勤勤懇懇，滿臉陽光向上的笑。

「……妳願意嗎？」明峰的心跳得好劇烈。

「欸？」可麗餅女孩臉紅得好好看，「哎呀，好害羞……雖然人家也很喜歡你這樣的……」

「因為精氣很好吃？」麒麟冷冷地插嘴，開槍打爆了可麗餅女孩的腦袋。

「……妳、妳怎麼可以這樣?!妳可以隨便殺人嗎?!」明峰撲了過來，麒麟輕鬆的給他一記窩心腳，讓他蜷縮在地上呻吟。

「哎呀呀，妳這樣踹我看中的男人，豈不是不給面子嗎？」只剩下半個腦袋的可麗餅女孩微笑著，像是黏土重塑似的將自己的頭重生出來，「你們以為能夠從這兒出去嗎？」

「我只想問妳，莉莉絲是不是陷在這邊？」

可麗餅女孩舔了舔手指上的血，「妳說那隻黃毛女？她的確也在這邊。」她臉孔猙獰起來，「但是你們都無法離開這裡，因為這裡是夢……你們原本可以做著美夢而死，但是你們卻放棄這樣的福利，自甘墮落到惡夢去！就在惡夢裡痛苦哀……呃……」

她低頭，瞠目看著鐵棒貫體而過。

麒麟不知道什麼時候棄了槍，掣出鐵棒，結果了她。輕輕的，麒麟在那妖魔的耳邊說，「妳知道為什麼我拿槍，不先拿鐵棒嗎？」

妖魔徒勞的想重生，卻發現傷口漸漸腐蝕，敗壞。

「因為我會想拿出鐵棒的時候，通常心情都很不好。我心情若不好，就會不爽，我若不爽就想要開扁，我若開扁下去，下一個要死哪個鬼玩意兒，連我自己都不知道。」

她拍了拍妖魔的臉蛋，「明白？」

一蓬純青的火焰從鐵棒冒出來，轟然燃盡了那隻妖魔。原本熙熙攘攘的都城街頭，像是融蠟般垮了下來，露出赤裸黑暗的天空，和無垠的沙漠。

「幻象之後還是幻象？」麒麟冷笑一聲。

明峰勉強爬了起來，他目瞪口呆的。「……麒麟。」

「幹嘛？」她有點不耐煩，如果還要吵怎麼殺了他的意中人……就乾脆用窩心腳踹出他的腸子。男人的腦袋到底有沒有一個「紅肉李」大？稍微平頭整臉的女人都可以勾引走？

「……我當妳徒弟以來，覺得今天妳最勤奮，最有禁咒師的樣子欸。」他真的深深讚歎了。

「你給我閉嘴！」

*　*　*

麒麟將卡賓槍扔給明峰，「拿著防身。」

他膽戰心驚的拿著槍，雖然沒當過兵，但是紅十字會有射擊課，他多少也學過一些……

問題是，他不祥的預感居然成真了。那把卡賓槍果然沒有子彈。

「……沒子彈……妳是想要我拿槍托打怪？」明峰幾乎落淚了。

「你可以上刺刀。」麒麟漫不經心的回答，「哎，你很煩捏，修道修這麼久，連將靈氣凝聚成子彈都不會？」

……誰會啊？妳當每個人都跟妳一樣不正常？「我可是正常又平凡的人類啊！」明峰吼了起來。

「那是你對自己不夠了解。」麒麟拎起鐵棒，「警覺點，別又被拐走了！我不太想救笨蛋。」

……跟這種師父到底有什麼前途？

說是這樣說，他還是小心翼翼的跟在麒麟的背後。漆黑的天空旋著詭異的紫，黃沙遍野，卻連一絲風也沒有。

完全的寂靜，寂靜到可以聽到自己的心跳。麒麟一言不發的前行，不知道走了多久，腿和心都感到麻木。

他這才發現，當寂靜到一種程度，會讓人有窒息的感覺。而單調一直幾乎無盡循環的景色，會讓人疲倦，很疲倦。他越來越不知道自己在做什麼，漸漸陷入一種漫長的恍惚中……

然而，他聽到了細微的聲音，打破了墳墓般的寂靜。

一個男人跪在沙土上，不斷扒抓著，像是在挖著什麼。靠近一看，不禁毛骨悚然……那個男人像是個木乃伊，枯瘦異常，一雙手早已經沒有血肉，只有白骨森森。

「這裡挖不出水。」麒麟的聲音很平靜。

「妳難道沒有眼睛看嗎？」宛如骷髏的臉孔轉過來，只見他眼窩空空盪盪，已經沒有眼珠了，「我在挖我的墳墓！」

男人不斷的抓著滾燙的黃沙，但是黃沙像是有生命似的，每挖開一些，就流入更多，「我要挖出可以躺下的墳墓，才能夠死掉。讓我死……讓我死……」他淒慘的哀號，「我錯了！我不該來盜墓……讓我死！讓我死！偉大的秦皇……讓我解脫吧，讓我解脫吧……」

麒麟閉了閉眼睛，舉起鐵棒……那男人倒在黃沙上，再也不動了，只放鬆的呼出一口氣，像是在說「謝謝。」

「……他不是妖怪欸。」明峰呆掉了。

「嗯，對啊。但他已經死很久了。」那男人漸漸風化，只剩下破布似的衣服無力的飄動，「只是他在這幻境中，不知道自己已經死了。」她轉頭，「那邊也有……」

到處都是沙沙的聲音，乾枯如木乃伊的盜墓者哀號，徒勞無功的挖掘著自己的墳墓。麒麟舉起手上的鐵棒，一個個「解放」他們。

明峰往後退了兩步，再兩步。

「……妳真的是麒麟嗎？」他低低的問，恐懼的四下張望，蕙娘和英俊不知道什麼時候不見了。

「你說什麼傻話？被幻境迷住了嗎？」麒麟轉頭看他，「我當然是麒麟。」

「……不對，妳不是。」明峰後退幾步，「就算外貌再怎麼像，妳也不是她。」

麒麟望了他好一會兒，「你走路走到呆啦？快點，蕙娘和英俊在前面等我們……」她伸手去抓，卻被一記火光和巨響射個正著。

她朝下看著自己胸口的洞，又看了看明峰微微冒煙的槍管。

「奇怪，」她困惑了，「這明明是你心目中的『麒麟』。不管是容貌還是語氣，能力或者是氣味，我都照你的想法塑造，為什麼你會發現？」

「妳沒學到她的偏心。」明峰蒼白著臉孔，拿槍對著「假麒麟」，「她對人類極為忍耐，絕對不會主動去拿走任何人的性命。再說，她懶。如果有人哭著尋死，她會叫他自己去死，不要弄髒她的手。」

「假麒麟」笑了，「你倒是很了解她。」她設法癒合傷口，感到更困惑了。奇怪，這樣一個小洞，卻癒合不起來，反而漸漸融蝕。

當然她還是有辦法的，只是要花時間。一槍還好，多來幾槍大約不太妙。

「那麼，你能殺她嗎？」假麒麟無邪的一笑，容貌漸漸改變，「明峰……」

他愣住了，卡賓槍匡啷的落在沙地上。他，的確無法下手。

*　　*　　*

麒麟向前走著，突然有種異樣的感覺。猛然回頭，發現明峰還跟在她身後，但是……她有股奇怪的違和感。

「我有點怕……」明峰湊了過來想抱住她的手臂，麒麟警告似的舉起鐵棒。

「妳在幹嘛？」明峰滿臉困惑，「我只是覺得害怕。」

「幻妖，別枉送性命。」她不禁有些後悔，不該大意的，「李斯那老鬼拘你們來當差，又不是什麼好意的，犯得著為他送命？」

「為什麼妳會看出來？」假明峰滿臉困惑，「明明這是妳心目中的『明峰』。」

「哎呀……」麒麟輕輕叫了一聲，「我的確覺得他膽子很小，但是他膽子雖小，卻硬撐著男人的尊嚴，不會隨便對我示弱。」她聳聳肩，「很傷腦筋的徒兒，對吧？」

「我愛好和平。」假明峰很遺憾，「本來不想使用暴力……畢竟李斯大人希望妳毫髮無傷的到皇上面前。」

「真剛好，我也愛好和平。」麒麟懶懶得看他一眼，「饒了你，叫李斯那老鬼把莉莉絲送出來，我給他賠個不是，大家都擱開手吧！」

「但是李斯大人的旨意不是這樣的。」他笑咪咪的伸出巨大又醜惡的爪子，「跟我走吧……在幻境中，我的能力遠超過任何眾生……」

「只超過人類而已。」麒麟拄著鐵棒，半厭煩半好笑地回望，「**我召喚妳回來，重生吧！蕙娘！遵從我命，去除邪惡！**」

原本迷失在幻漠的蕙娘像是被強大的力量拉扯，瞬間就到了麒麟的面前，在強烈的光芒下，恢復大殭尸的原形。

幻妖露出懼色，咬咬牙還是撲了上來，卻讓蕙娘銳利的指爪劈成兩半。他不敢相信……「怎麼可能？式神無法進入幻境，妳曾經陷在這裡一年多，從來也沒能呼喚任何式神……」他的聲音漸漸虛弱。

「因為我是麒麟。」麒麟微笑，有點寂寞的，「我當初陷在秦皇陵時……還是個貨真價實的人類。」

看著幻妖分解在幻境中，麒麟默然。在她年紀還輕，收服蕙娘不久的時候，年輕氣盛的她，曾經在這幻境裡困足了一年。多少次她想使用咒呼喚蕙娘……但是所有的咒，在幻境裡都失去效用。

她能逃出秦皇陵，實在是運氣和僥倖。

多年後，她回到這裡，已經可以隨心所欲的將式神帶進來——只因為，她已經不算是人類了。

「主人。」蕙娘恢復溫柔嬌怯的模樣，「明峰他……」

「所以我才不想讓他來的。」她的臉孔，很憂鬱，「他喚了英俊。」嘆了口氣，她朝著強烈的法術痕跡，如光般飛行。

＊　＊　＊

他無法動手。明明知道是幻象……但是他就是下不了手。他以為已經忘記，他以為已經不再疼痛，不再想念……

但是這瞬間——他蓄滿了淚，嗓子眼像是塞滿了棉花，哽著。心頭的傷痛和思慕一起被扯開來……死別的傷本來就無法痊癒。

「……媽？」他輕輕喚著，像是回到孩提時。「不、不對，妳不是……妳太過分了……」

「明峰。」一模一樣的聲音，一模一樣的娟秀。那是他的母親，為了替他擋災，折損了壽命早逝的母親，「我一直好想你。還以為再也見不到你了……」

假的假的！她明明是假的！但是為什麼……他的眼淚無法停止，想不起任何咒語，也沒辦法抗拒虛幻的母親將他抱在懷裡……

太可恨了，連氣味都一模一樣……他更恨自己的軟弱。明明知道很可能就這樣被吸乾精氣……就是沒辦法撿起槍，射殺她。

麒麟……還是誰，快來，誰都好……他不想這樣死在妖魔手裡。若母親知道他是這樣死的……豈不是心都要碎了？

「英俊……英俊！」在體力大量奔流，越來越虛弱時，他鼓起最後的力氣大叫，「英俊，快來！」

孤獨尋覓的英俊聽到了明峰的呼喚。他知道，那不算是咒……但是你又怎麼知道，咒的真正面貌？

咒，難道不就是深刻的祈求嗎？

她像是一道流光飛奔到明峰面前，化為人形的她，滿頭蛇髮怒張，重創了幻妖，將明峰搶了過來。

「……不可能！」呆了半晌，幻妖摀著臉喊，「眾生無法進入我的幻境，除了人類以外；但是人類……人類沒有辦法在我的幻境喚出任何式神！」

「妳說什麼我不懂，」英俊鼻間猙出怒紋，「但是別想動我主人。」

明峰喘了一會兒，像是貧血般頭重腳輕。他根本沒聽到幻妖說些什麼……他只是愣愣的看著「母親」。

這輩子他再也見不到了。

幻妖修復好了臉上的傷，「妳敢嗎？」她溫和的一笑，「我現在可是妳主人的母親。」英俊大吃一驚，回頭看明峰，卻被幻妖掐住脖子。她伸出蛇髮咬住幻妖，和幻妖打成一團。

看到英俊的血，明峰清醒了過來。他突然體會到英俊的溫柔。她會打得這麼絆手絆腳，這麼狼狽，只因為他在意，在意那個外形像母親的假相。

再也不要有人死了……再也不要了！

「殺了她！英俊！」他下不了手，但是他的式神可以，「她不是我媽媽！」

等麒麟趕到的時候，明峰坐在沙地上，將臉埋在膝間。手足無措的英俊，依舊是蛇髮美少女的模樣，滿身是血，只敢輕輕搭著他的肩膀。

「假的就是假的，有什麼好哭？」麒麟輕嘆，從幻妖融化成一攤的屍首裡，掏出一個古樸的玉蟬。

找到了，陣眼。想來李斯那老鬼學會了一些什麼，知道陣眼不能擺在幻境，就像會走動的守門人，這陣眼，擺在幻妖身上再合適也不過了。

「觸犯了禁忌是要付出代價的，我承認。」麒麟冷下臉，「相對的，我的禁忌也不容觸犯。」

她捏碎了玉蟬。

整個幻境都在搖動，景物像是銳利的玻璃脆化、破裂，然後一一沒入地下，露出一個極大的宮闕，什麼都沒有的宮闕……除了滿地重重疊疊，森然的白骨。不知道多少人困於這個幻境內，幾乎沒人可以逃脫。

而我居然逃過了兩次——麒麟其實是有些自豪的。

「……沙漠呢？妖魔呢？」明峰大吃一驚，「這是什麼地方？」

「除了秦皇陵還會是哪？」麒麟橫了他一眼，「把鼻涕擦一擦，像樣嗎？」

「我哪有流鼻涕！」明峰慌張的用袖子擦著。

「主人，用面紙比較好。」英俊掏出有著小心小花的漂亮面紙，還有淡淡的香氣，「你的鼻涕都染在袖子上了。」

「……囉唆！」

九、三百里的寂寞妄想

踏過空曠的宮闕，腳下的枯骨嘎吱作響。

如果可以避開，明峰是很想避開的……但是滿地鋪了厚厚的一層，根本沒有下腳處，除了硬著頭皮踏過去，也沒有其他的辦法。

他只能懷著恐怖和憐憫的情緒，盡量小心的走過，但走得越慢，刺耳的嘎吱聲卻越響亮。

「……他們死很久了，這副枯骨也不會痛。」麒麟深深的嘆了口氣。

「……我理智上知道，情感上我不知道。」明峰熱淚盈眶。

「你真的很愛哭欸。」麒麟又嘆了口氣。

「我哪有！我哪有！」明峰趕緊偷擦眼角的溼潤，「我只是想到他們家中還有人在等待……」

「家裡的人？」麒麟惆悵起來，「時光帶走一切，包括他們的生命和家人的想念。他們因為貪心死在秦皇陵，他們的家人懸心死於年老病苦，同樣的是消逝在生命的長流裡……」

很少看到麒麟這麼感性，他反而呆掉了。「呃，麒麟，我不知道妳這麼……」

「愛錢死好囉！」麒麟踢了滿地枯骨一腳，「還絆得老娘走路不便。隨便來挖人家的墳墓？你們是夠了沒有……一群混帳！」

……什麼感性？他果然是誤會了。

等他們橫越了整個廣大如足球場的宮闕，麒麟不再說話，看著眼前聳立的大門。不同於氣派的青銅大門，這個門是用岩石雕塑的，富麗堂皇而繁複的花紋，誇耀著盛秦時代的豐功偉業。

但是明峰看起來，就像是個龐大的墓碑——其實他老覺得任何紀念碑都像墓碑一般。

感慨未定，看到麒麟又往包包掏東西，他嚇得抓著蕙娘和英俊就地找掩護，沒想到她居然掏出一張規規矩矩的符紙，這比掏出手榴彈還讓他驚駭。

「妳、妳妳妳……妳會使用符咒？」她一定是裝裝樣子，「妳還是用手榴彈吧！

拿符咒一點都不像妳的風格了！」

「喂，你懂不懂什麼是尊師重道？」麒麟不高興了，「你以為禁咒師是叫假的？」

……難道不是嗎？

麒麟不想理他，肅穆地取出符咒，喃喃念著，「**宇宙天地，賜我力量，降伏群魔，迎來曙光……**」

眼中精光大射，「**疾破！**」

是啦，法力是很強，威力完全不輸手榴彈，還是把岩石大門炸得粉碎……幸好他有預感，早就拉著大大小小就地找掩護了。

但是妳念的「咒」是不是怪怪的？

「妳騙我沒看過《神眉》？」明峰額頭的青筋都爆出來了，「妳還是用手榴彈吧！不要欺世盜名了！」

「手榴彈的威力不夠猛。」麒麟漫應著，「還是符咒來得帶勁兒。」

「……」除了無言，他還可以說啥？

沒好氣的跟著麒麟進入門內，卻感到一陣窒息。他們像是陷入一片黑暗凝聚的果凍，空氣厚實而沉重，連轉動四肢都有困難。

麒麟舉起鐵棒，頂端發出幽幽的光，這才把黏稠的黑暗驅除開來。有種奇異的氣息讓明峰畏懼，他被妖異糾纏了大半生，非常熟悉妖異的氣息……

但這並不是，反而是另一種刺鼻的香氣，讓人陣陣頭暈。這種強烈到令人發嘔的香氣，很像是……

貪婪的氣息。

穿過了濃稠如粥的黑暗，明峰跌跌撞撞的到了充滿光亮的空間……他舉目四望，有點目瞪口呆。

他看到了天空漆黑如夜，鑲著閃亮的北斗七星。光源是從繁星、熊熊燃燒的香油燈，和河裡穿梭不息的水鳥身上發出來的。

一望無際，無邊無涯。這廣大的宮廷幾乎沒有盡頭，呈現一個「口」字狀排列，當中圈著極大的庭園，河川蜿蜒，無數的橋和明亮的河水交織成醉人的美麗。花園有著奇花異卉，百鳥爭鳴，遠看宛如天堂的景象。

我們真的在秦皇陵？難道這又是另一個幻象？明峰自問著。他湊上去看著白玉欄杆上的翠鳥，發現牠不曾驚走，依舊鳴唱著，只是鳴唱的旋律沒有改變過。

「那是假的。」麒麟阻止他的好奇，「你看到的一草一木，一禽一獸，不是用金玉刻就，就是用標本唬弄……畢竟這裡是個陵墓。」

「那麼那個……」他不敢置信的指著天空繁星和明亮蕩漾的河水。

「假的。」麒麟抬頭看看繁星，「那是用夜明珠和咒術的力量讓它看起來很真實。至於河水，那是水銀。」麒麟輕嘆，「當然因為某人強大的妄念，這世界已經是半真半假了……」

「那麼那個女子呢？」明峰朝著正在掐花兒的女郎一指，「她也是假的？」

那女郎聽見明峰的聲音，楚楚可憐的抬頭，反而把明峰嚇了一跳。只見她折了一枝珠玉花兒，軟弱又蒼白地對著明峰望望，輕輕把花拋在明峰面前，咬著長長的衣袖咯咯笑著，飄然的走進宮門，覷著他好一會兒，指了指花兒，又招了招手。

「唷，有美女垂青呢。」麒麟惡意的一笑，「嘖嘖……你不去？」

「……妳在開玩笑？」明峰差點嚇死，「她她她……她連眼珠子都沒有！媽啊～

鬼啊！」

「你這樣就很沒有禮貌了，」麒麟搖著手指，「她當年也是因為美麗才被選進宮當宮娥，不夠漂亮還不能陪葬呢。你是因為還沒被妄想影響，才看不出她的美麗……」

……她都不知道死了幾千年了，這種美貌他也不敢看啊！南無阿彌陀佛……

他們在這廣大的宮闕漫遊，觸目都是乾枯如木乃伊的宮娥嬪妃，有的在嘻笑，有的在哭，有的默默的織布養蠶。她們似乎不在意麒麟這些人，依舊機械似的做著自己的事情。他漸漸明白，為什麼麒麟會說她們也是「假的」。

這些宛如鬼魂的女子有些像是電動花燈，固定的做著相同的事情。籮筐裡的蠶明明是金箔擰就的，她們還是一片片放上翡翠雕成的桑葉；織機上的絲線早已腐朽成灰，她們還是一無所知的投梭。

唯一不同的是，有的宮娥會多看明峰幾眼，大膽一點的可能偷扔個手帕花兒，甚至手鐲玉佩，暗示他撿起來。

對於這種垂青……他真是敬謝不敏。雖然如麒麟所說的，他進入這裡越久，這裡的假就漸漸取代了真——乾枯的臉龐豐潤，空空的眼窩有了靈秀的眼睛，水銀河流成了真正的小橋流水，冷寂的宮闕充斥了笑語和人聲……

但這一切，都還是「假的」。他知道自己的視覺被影響，但是大腦的判斷可還沒有被影響。

雖然知道這些手鐲玉珮價值連城，一想到這是陪葬品——他就覺得紅十字會的薪水也夠多了，用不著發這種財。

這和他的道德相抵觸。

麒麟卻沒有半點害怕，倚著窗，和裡頭織布的宮娥微笑，「大王在哪呢？」

「麒麟娘娘，大王憶念您好久了。」宮娥泛起謙卑的笑，偷偷地對著明峰拋媚眼兒，「這會兒大王剛收了位金髮嬪妃，就在您舊時住處呢。」

「敢情好，」麒麟笑了笑，「我這就去找大王敘敘舊。」

麒麟熟門熟路的逛過去，明峰小跑步的跟在她後面，「……麒麟娘娘？」

「偏你耳朵尖，女鬼的胡說八道也聽得這麼真。」麒麟的回答卻異樣的冷淡。

……這麼說，還真的有這麼回事？這裡是秦皇陵吧？這裡的大王……豈不是死了好幾千年的秦始皇？

那麒麟到底是什麼時候被封為秦始皇的「娘娘」？一定是死後吧？對吧對吧？若是生前……那真的太可怕了！

「……是生前還是死後？」他完全不敢去想麒麟的年紀了。

「死很久以後啦！」麒麟有點生氣了，「四十年前我來過這裡。」

……他還是別問麒麟的芳齡好了。

麒麟跨進最大的那個宮門，明峰猶豫著，不知道該不該跟著跨進去。

「喂，這可是很好的實習機會，」麒麟不耐煩了，「很少有機會看到這麼大的場面。」

硬著頭皮跨進去……哎呀，老天！果然很少有這機會……

只見景色豁然一變，出現了極寬廣的石板廣場，烏鴉鴉的站了一地的文武百官。這些人全部穿黑，手拿玉笏，一言不發的瞪著他們。

「我要見大王。」麒麟心平氣和的說。

「麒麟娘娘求見大王。」站在門口的守衛喊著，然後下一個低階官吏也接著喊，「麒麟娘娘求見大王。」下一個官階高一些的官吏又跟著喊，「麒麟娘娘求見大王。」

一個個的呼喊慢慢像浪潮一樣傳到廣場極遠那端，沉重渾厚、美侖美奐的巨大宮殿。

……乖乖！好大氣派。這喊話接力起碼也傳了快十五分鐘才傳到宮殿門口，又起碼花了二十分鐘才傳回來，派個人去跑一趟的確不會比接力快。

這要多少時間訓練啊？明峰胡思亂想著。萬一中間接個不好，「麒麟娘娘求見大王」變成「麒麟老娘求見大王八」，在古代大約要掉腦袋了。

「大王宣，麒麟娘娘進宮晉見！」守衛中氣十足的喊著。其實他不用這麼大聲，五分鐘前他們就聽清楚了這一句。「上殿棄武！」

「什麼是棄武啊？」明峰糊塗了。

「說白話就是，把你身上的武器交出來。」麒麟把身上的六把槍拔出來扔在地上（！），還有背包、又從獵靴扔出半打小刀（!!），接著像是變魔術一樣，扔出了兩三把七長八短的劍和武士刀（!!!）。

……她到底是把這些東西藏在哪啊？

「你的兵器呢？」麒麟問著明峰。

「我？我哪來的兵器？」他愣了一下，「就只有妳給我的卡賓槍，但是我丟在幻境了，我這樣善良無辜的老百姓……」

「沒有就好。」麒麟舉步，文武百官嘩然讓出一條路給他，像是分開了黑色的浪潮，「被查出來別說我沒先警告。」

哪來的兵器啊？我又不像妳，滿懷暴力因子……走到宮殿門口，「噹」的一聲大響，明峰居然「黏」在大門上，動彈不得。侍衛們幾十把長槍指了過來，只差一點點就戳在他的臉頰上。

「等等，等等！」麒麟趕緊阻止，省得明峰被戳了幾十個透明窟窿，「他搞不好也不知道他帶了什麼，看在是我的小徒份上，好歹也搜一搜，別真的戳下去……謝謝，謝謝……」

侍衛們在慌張失措的明峰身上搜出了一把瑞士小刀。看到小刀，侍衛們一起頓著長槍，如雷喊著，「上殿棄武！」「上殿棄武!!」「上殿……」

「不用喊我也知道了，需要在我耳朵邊吼嗎？」麒麟吼了回去，「大王宣我進去！收了兵器就快滾吧！吵什麼吵！」

侍衛們倒退著離開，拿走了明峰的瑞士小刀。

「……那是我的瑞士小刀，陪伴我很多年欸！」明峰嚷了起來，「喂！還給我……」一回頭，發現蕙娘和英俊不見了。

「蕙娘？英俊？」他吃了一驚，剛剛明明在身後啊！「他們呢？」

「他們也算是『兵器』。」麒麟把明峰從門上「拔」下來，「放心，他們會好好的……如果我們有機會回去的話。」

他們沒事，重要的是——我和這笨徒兒的事情大條了。

麒麟深深的嘆了口氣。

*　*　*

在鋪滿打磨得發光的黑曜石地板的大殿上，秦皇的寢宮意外地廣大而寂寥，幾乎沒什麼擺飾，秦皇遠遠的盤坐在不知名的豪華動物毛皮上，手裡執著鏈子。

鏈子的另一頭，拴著拚命掙扎、狼狽不堪的莉莉絲。

麒麟暗暗鬆了口氣，又覺得沉重起來。「……大王。」

秦皇身量不高，容顏卻意外的溫和善良。有些像是小孩子般純真的表情，帶著寵溺的眼神看著掙扎不已的莉莉絲。

他抬起眼，有些恍惚地笑著，對著麒麟。「終究妳還是不捨朕這兒的富貴。既然妳願意回來，朕還有什麼好說的呢？妳這次回來，就要好好聽話，切莫再像之前那般任性了……」

「大王，你都死這麼久了……哪還有什麼富貴？」麒麟嘆氣，耐著性子交涉，「你讓李斯那老鬼騙了，當了他實驗長生術的材料。瞧瞧你，長生不成，倒弄成這副狼狽樣，人不人、鬼不鬼，連殭尸都說不上。你關在這陵墓裡也夠久了，是該鬆鬆手，真正安息去了……」

「誰說朕死了？」秦皇臉色一沉，「朕明明還活著！依舊統治著大好江山！永永遠遠，無窮無盡！李斯！你來告訴她，是不是這樣子？」

慘白著臉孔的李斯從黑暗中冒出來，面無表情，「大王說得是。」

麒麟望著這個曾經野心勃勃的秦朝宰相，不禁暗暗嘆息。

李斯貴為一國宰相，遙想六國兼併。秦朝統一，他這位足智多謀、信仰嚴刑峻法的大宰相要記上第一功。

但是李斯，又不只是秦朝宰相而已。他是個修仙者。

為什麼一個修仙者要涉入塵世？就不得不從另一種貪婪說起。

李斯不希冀人世間的富貴，但是他不耐煩花上好幾百年去修仙得道，既然他是這樣聰明智慧……忍不住就想要走捷徑。

他花了二十年當宰相，只需要花一點點力氣就可以將繁複的國事治理得井井有條，其他的時間，他拿來勾引秦皇幫助他的實驗，而秦皇，很快就上鉤了。

長生不老的確是個最好的誘餌。

秦皇幾乎提供了傾國之力幫助他做了各式各樣千奇百怪、甚至殘忍嚴酷的實驗，李斯到最後終於研究出結果，但是在喝下靈丹妙藥之前……他猶豫了。

雖然他相信自己的配方萬無一失，也總要找個人先試試看不是？但若製造出另一個不受控管的神仙……豈不是給自己找麻煩？

藥是一定要試的，但是那個人必須讓他控制得到。

環顧他監工打造的秦皇陵——還有比這更好、更堅固的監獄嗎？他花了更多的心思去修葺、施咒，拘了幻妖來為他加上好幾重幻境，收服了黃沙精靈，為秦皇陵守門。

當一切都準備好了以後，他假借著請秦皇參觀陵墓的理由，趁秦皇心滿意足時，祕密獻上長生不老藥。

但是秦皇喝完了以後，馬上倒下，死了。

當然，他不知道出了什麼差錯，只能惶恐的逃了出去，捏造了秦皇暴病而死的消息，匆匆的將大批宮娥趕進秦皇陵殉葬，幸好一切早已就備，也算是掩飾了過去。

只是他不知道，秦皇是死了，但也沒有死。

長生不老藥毒死了他的身體，魂魄卻仍舊依附在死去的身體上，不僅不腐的屍體雖然不再有心跳，但也的確不會老。

等秦皇復甦，發現他被困在龐大而孤寂的陵墓裡，觸目都是殉葬的死人和精心打造、華麗卻冰冷的地下王國……他漸漸的，發瘋了。

他原本旺盛的貪念轉成執妄，在他瘋狂而清醒的意識裡，依舊堅信他還是秦皇，天下唯一的君主，他的宮殿依舊住滿宮娥妃嬪，跟著下葬的兵馬俑就是他強大的軍隊。甚至，他一紙詔書就可以將李斯召來他的面前，依舊是他忠誠的臣子。

他的執妄是這樣的強烈，強烈到簡直不可質疑、無法抗拒，強烈到他真的下達詔書，將修仙者的宰相魂魄，毫無抵抗能力的拘進秦皇陵，成為他的奴僕。

淪落為倀鬼的李斯，也真的照這位執妄主上的心願，將所有殉葬者的魂魄都拘在這個三百里廣闊的地下陵宮，殉葬的宮娥妃嬪不消說，當初兵馬俑燒製是照各個真人捏塑的。

這些年少健壯的秦朝軍官，就在李斯的咒力之下，紛紛暴死，魂魄寄宿在兵馬俑內，永生永世不得超生。

強大的執妄經過三千年歲月的醞釀，已經成為極強大的妖氣了。如果秦皇有自覺，他已經是數千年的大妖。但是發了瘋的他，只將整個三百里廣闊的陵墓變成妄念的王國，不曾也不試圖離開。

這不知道是幸還不幸。

「由得你們吧。」麒麟放棄說服，「請把莉莉絲發還給我。我知道不該來打擾大王的安寧……但看在我的薄面，請將她交給我。」

「我會把她交給妳的。」秦皇含情脈脈的瞅著她，「麒麟愛卿，自從妳私逃以後，我沒一天好睡。」

麒麟一言不發，咽喉莫名出現一個小洞，緩緩的流下血。

這是當年秦皇將黃金項圈銬在她的脖子，裡面的暗刺插進她的咽喉，讓她出不了聲音。

這麼多年了……這個舊傷沒有痊癒過，在秦皇的凝視下，又想起當年的痛楚。

所以，她才說，不要來秦皇陵。對於這個數千年妖魔化的君主，任何力量都像小孩子一樣稚弱。

她清了清嗓子，「大王，你根本就沒有清醒過。」

十、不會痊癒的教訓

秦皇望著麒麟，笑意漸漸的沉了下來，「麒麟，妳說的話，我不愛聽。」

麒麟只覺得喉頭緊縮，咽喉的舊傷如湧泉般噴出血來。這讓明峰驚慌起來，「麒麟！妳是怎麼了？」他慌著掏口袋，卻很尷尬的只掏出英俊遞給他的小花面紙，「好好的怎麼會噴血呢？」他抽著面紙幫她擦拭。

想拒絕他的好意，卻發現他擦拭過的地方一片沁涼，灼燒似的傷口居然緩和許多，不那麼痛了，也就由著明峰胡亂在她脖子上擦來擦去。

「你要擦也輕一點……行了行了，我要破皮了。」麒麟搶過幾張面紙，「你這樣粗手粗腳，真的交得到女朋友？」

秦皇卻被激怒了，他到現在才看到跟在麒麟身後的明峰，「賤婦！這就是你私通的情夫?!」

「你看我像是瞎了眼嗎?!」麒麟和明峰一起吼了起來，顫顫地指著自己的眼睛。

秦皇卻沉溺於自己悲哀憤怒的情緒，「朕這般寵幸妳、愛憐妳，妳居然為了這樣一個低賤者拋撇朕私逃！我非把你們碎屍萬段不可！」

「他只是我的弟子！」麒麟有些沉不住氣，她就不想讓明峰來……但是想想，秦皇瘋是瘋，還瘋得能講理。當初她年輕氣盛，闖進秦皇陵，秦皇說是把她收為愛妃，頂多把她當作芭比娃娃一樣耍弄，又是梳頭又是畫眉又是換衣服，除了那個該死的黃金項圈……

不過，打擾了人家的安寧，這點小小的教訓還是應該的。她瞟了滿眼驚慌哀求的莉莉絲，希望她記得住這個教訓。

有許多時候，高超的道術並不是一切。就像力量從來不能真正統御一切。更多時候，許多禁忌是不能碰觸的。

「就像莉莉絲是我的弟子一樣，這小鬼也只是我的弟子。我們不該來打擾你的安寧，大王。請你放了莉莉絲，讓我們離開這裡吧。」

「進了我的宮殿，你們還想離開嗎？」秦皇厲聲，「我不會饒恕任何背叛我的人！」

他的聲音在整個宮殿迴響著，隆隆宛如雷霆之怒，整個宮闕為之動搖震撼。所有的景物宛如碎琉璃般剝落，轉眼間，轉變成滾滾黃沙的戰場。秦皇威風凜凜的站在高臺之上，「即使死，你們也別想離開！」

「只能這樣嗎？」麒麟面對著千軍萬馬，沉重地嘆口氣，「大王，我並不想和你為敵。」

「現在乞饒已經太遲了！」他揚起手，盛怒道，「給我殺！」

馬蹄隆隆，他們瞬間被包圍了。

「……這是怎麼回事？現在怎麼辦？妳還在喝酒？妳現在是喝酒的時候嗎？」他回頭看到麒麟仰著脖子喝著小扁瓶的威士忌，簡直要氣壞了。

麒麟大大的呼出一口酒氣，「就只能硬上了啊！保護我啊，徒兒。」

她無視奔騰而來的千軍萬馬，結起手訣，喃喃的念著，「**急急如律令，奉導誓願何不成就乎！**」全身泛起淡淡的微光。

滿懷希望的看著四周，卻什麼事情也沒有發生。欸？明峰瞪大眼睛。他的師父雖然是個爛酒鬼，到底是個很強的爛酒鬼啊！

為什麼她的咒會失效？

明峰愣了一下，逼過來的鬼兵鬼將毫不留情的砍了下來——

「滾！」原本威力驚人的一字咒卻只將軍馬逼退十尺，發聲喊，又勇猛的衝了上來。

臉頰被流矢擦過的麒麟面不改色，依舊雙掌交會，結著手訣，「**急急如律令，奉導誓願何不成就乎！**」再次泛起微光，這次強烈一點點。

但還是什麼事情都沒有發生。

驚慌失措的明峰把什麼咒都拿出來亂用，只能勉強抵擋一時。麒麟什麼事情也不做，就只顧念著她沒用的咒，一次次發起越來越強的光。

然後？哪有什麼然後？如果要發光，他寧願去弄個電燈泡，不會指望偉大的禁咒師照亮他的末路。

「妳是喝酒爛穿腦子了?!」明峰吼了起來，「真的是夠了！不然妳逃吧，總要有人活下去吧？」一面吼，一面朝著鬼兵鬼將扔符咒。

麒麟卻像是什麼都沒聽到，即使被防守不及的刀戟刺了幾個窟窿，她還是一遍遍念著單調的咒。

就在明峰扔完了所有火符，絕望的面對最後時……

「真・太極！」麒麟發出令人眼睛睜不開的閃光，像是殞落的流星轟過整個戰場，沖刷出一條血路。

秦皇居然讓這閃光衝擊得後退，鬆了手上的鎖鏈。像是乘著雪白的浪，麒麟拖著明峰，抓著莉莉絲，舞空而飛，飛不多遠，卻被一箭貫穿，跌在地上。

她沒有受很重的傷，但是在這虛妄的國度待越久，她的靈力衰退越快。

「……接下來呢？」明峰膽寒的看著越來越龐大的秦皇帶著怒火，一步步從高臺走下來。

「不知道欸。」麒麟把莉莉絲脖子上的項圈拆了下來，「或許讓秦皇抓回去，關個一年半載，再趁他不注意的時候逃走吧……」

……這也叫計畫？這也好叫做計畫？

「妳確定這是好計畫嗎？」明峰吼著，膽寒的看著秦皇越變越恐怖，每一步都像是發出火焰。

他感到虛弱、害怕。在這個偏妄的君王之下——他感到自己是那樣的渺小。他幾乎想要乞饒，想要下跪，只要君王憐憫他、饒恕他……

在最絕望的時候，他感到一股微弱的風擁抱著他，帶著海洋氣息的清新，在他耳邊輕輕喚著，「呼喚我，親愛的……」

呼喚……誰？

心苗裡字句湧現，他不由自主的輕誦，「黑色火焰沸騰起來的陽炎啊！請變成天蛇從天飛舞而降。現身吧！螣蛇！我那名為龍的女郎！」

大地震動，應呼喚而來的龍女睜開她詭麗如爬蟲類的眼睛，倒豎的瞳孔發著金色的清光。

一隻活生生的、美麗的龍女。

秦皇垂手，愣愣的看著她。他是不是……看到了創世的女媧？他是那樣震驚而迷惘。模模糊糊想起曾經虔誠祭拜的天神地祇，也祭拜過創世的女媧娘娘——

誕生萬民，煉石補天的慈愛天母。

他沒有抵抗，任她帶走麒麟等人。

「幾時來帶走我呢？女媧娘娘……」他脆弱的抬起頭，「我好像做著永遠不會醒的夢……這是現實，還是夢境？」

「你要先睜開眼睛，才知道什麼是夢境。」龍女回答，「你先問問自己，你到底是什麼。等你明白了……或許你不需要我來接。」

她帶著麒麟等人遁入土裡。

*　　*　　*

當龍女將他們帶回香港時，引起了很大一場騷動。

麒麟幾乎絕了氣息，陷入假死狀態，莉莉絲連話都不能說，一直呆滯的坐著。明峰的情況也好不到哪去，他微微睜開眼睛，只說了一句話，「不要去秦皇陵。」就陷入了昏迷。

誰也不知道他們發生了什麼事情。

身在陵墓中不覺得，但是一旦離開了，所有的瘴氣和反噬通通湧了上來，幾乎損毀了他們所有的健康。

他們被安排在僻靜處休養，莉莉絲瞅著明峰，流露出恐懼的神情。她的小師弟到底是誰？為什麼可以在斷絕神魔法力的秦皇陵，呼喚出屬於神靈的伏羲龍女？

這讓她不安，很不安。

＊　＊　＊

麒麟終於清醒過來。但是她一醒來，什麼話都沒說，喚回蕙娘和英俊，就堅持辭去禁咒師的職務。

「老娘有多少命都不夠你們玩。」她很堅決，「我要開始養老了！」

這引起紅十字會的驚慌，但是怎樣都說不動頑固的麒麟。百般協商下，勉強答應她放假，放到什麼時候，由她決定。

她又回到中興新村，過著混吃等死的悠閒生活。成天不是抱著漫畫，就是看著卡通，當然，沒放下酒瓶過。

至於明峰……跌破許多人的眼鏡，他居然拒絕了紅十字會的聘請，甘願回去繼續當麒麟的弟子。

這是為了什麼……連明峰自己都說不出個所以然。

或許，麒麟在秦皇陵最後的戰鬥英姿，讓他印象太深刻了。她那樣毫不畏懼的疊加多層禁咒，幾乎打倒秦皇——讓他打從心裡敬佩。

只是沒多久……他後悔了。自從他去探望堂哥回來，他就大大的後悔了。

「妳妳妳……」他氣得口齒不清，「妳老實講，妳有沒有玩過網路遊戲?!」

麒麟懶在沙發上，正在看《棋靈王》，「有啊，之前在日本出任務的時候無聊，玩過半年吧？」

「……該不會是『信長之野望』吧？」求求妳，一定要否認……

「你怎麼知道？」麒麟放下漫畫，「你也想玩？台灣不是有了嗎？你如果想練陰陽道，我倒是有經驗的……」

明峰只覺得陣陣發暈……「急急如律令，奉導誓願何不成就乎？真・太極？」

他的聲音漸漸提高，老天啊！他曾經為了麒麟的凜然感動過，覺得她到底不是胡攪瞎搞，還是有些真才實學。

要不是堂哥也正在迷這個，讓他瞧見了遊戲畫面，不知道他還要被蒙在鼓裡多久？

動漫畫當咒也就算了，妳連遊戲裡面的咒語和招式都拿來現實用，會不會太離譜啊？

「哎呀……」麒麟咬了口蕙娘做的小餅乾，「你不懂啦，能力夠的人，什麼樣的材料都能當作咒啦。」

「甄麒麟！」明峰吼了起來，「讓我回紅十字會！我絕對要離了妳這禍害！我再也不相信妳了～」

明峰大跳大罵，麒麟懶懶得躺回沙發上，「早就跟你說過，一切都來不及了。」

（禁咒師卷貳 完）

作者的話

還真沒想到會把第二部寫出來。當初老闆跟我提的時候，我還以為他開玩笑呢！畢竟這是遊戲之作，結果遊戲之作居然寫了一本又一本……

真教人情何以堪。

當初也想過這種單元劇延續力應該不夠，真要一本本寫下去，可能會有結構鬆散的毛病。但是轉思一想，結構鬆散又如何？這本來就是單元劇啊。而且我本來就比較擅長寫中短篇，長篇並不是我的強項。

再說，也有讀者跟我反應，休假都寫了一本了，那麒麟工作的時候呢？我覺得揣想她工作狀況也算是有意思的，就寫了這部。只是到了結尾，還是讓她回去養老了。

我還是比較喜歡定點寫作，到處旅遊的小說太容易露出馬腳，而我又是個沒啥世界觀的作者……（笑）

於是我很心安理得的寫下去，在書寫的同時，我也正在讀聊齋，所以不知不覺的，這本很有聊齋的味道。

說到聊齋，這又是另一本讓我非常喜歡的書了。當然，中國人喜歡談玄說鬼，類似的讀物很多，但最為大眾喜愛的卻是這本《聊齋誌異》。古文讀起來當然很有趣，但是今人多半閱讀困難，幸好許多出版社將之翻譯成白話文，無損故事結構，讀起來依舊津津有味。

我想，我筆下的眾生比人類有情，應該就是《西遊記》和《聊齋誌異》的遺毒吧？（狂笑）但是說真的，別問我是否能夠見到什麼，我只能說小說家言，不可盡信。

坦白說，我也對自己很沒辦法。我的小說若要歸類在奇幻，太柔軟；要歸類在普通小說，太奇幻。可以說沒有什麼類型可以歸類，我真懷疑我怎麼能夠靠寫這種半吊子活到現在……

只能感謝出版社很包容我。甚至讓我把小說放到部落格，不怕大家看結局影響銷售數字，我實在算是個幸福的作者了。

我的部落格：http://seba.pixnet.net/blog

歡迎大家來閒聊，只是很抱歉，自從我決定沉默以來，幾乎都不會在上面發言。

但是，我在看。

我是個喜愛人類，卻不敢接觸人類的膽小鬼。請原諒我善意的注視。

這樣孤寂的離群索居，我很喜歡。

國家圖書館出版品預行編目資料

禁咒師 / 蝴蝶Seba著. -- 二版.
-- 新北市 : 雅書堂文化, 2016.02-
冊 ; 公分. -- (蝴蝶館 ; 1-3, 5, 7, 10, 13)
ISBN 978-986-302-288-6(卷1 : 平裝). --
ISBN 978-986-302-289-3(卷2 : 平裝). --
ISBN 978-986-302-290-9(卷3 : 平裝). --
ISBN 978-986-302-291-6(卷4 : 平裝). --
ISBN 978-986-302-292-3(卷5 : 平裝) . --
ISBN 978-986-302-294-7(卷6 : 平裝) . --
ISBN 978-986-302-296-1(卷7 : 平裝) . --

857.7 104027858

蝴蝶館 02

禁咒師〈卷貳〉

作　　者／蝴蝶Seba
封面題字／做作的Daphne
發 行 人／詹慶和
總 編 輯／蔡麗玲
執行編輯／蔡毓玲
編　　輯／劉蕙寧・黃璟安・陳姿伶・陳昕儀
執行美編／陳麗娜
美術編輯／周盈汝・韓欣恬

出版者／雅書堂文化事業有限公司
郵政劃撥帳號／18225950
戶名／雅書堂文化事業有限公司
地址／新北市板橋區板新路206號3樓
電子信箱／elegant.books@msa.hinet.net
電話／（02）8952-4078
傳真／（02）8952-4084

2007年5月初版　2019年12月二版3刷　定價220元

經銷／易可數位行銷股份有限公司
地址／新北市新店區寶橋路235巷6弄3號5樓
電話／（02）8911-0825
傳真／（02）8911-0801

Seba · 蝴蝶

Seba・蝴蝶

Seba · 蝴蝶

Seba・蝴蝶